# MON CHEVAL, MON DESTIN

87, quai Panhard-et-Levassor – 75647 Paris Cedex 13
ISBN : 978-2-0812-4272-2

PIERRE BOTTERO

# MON CHEVAL, MON DESTIN

Flammarion Jeunesse

# CHAPITRE 1

Je courais.

Je courais comme rarement j'avais couru. Sans m'occuper de mon souffle qui m'arrachait les poumons, de mes jambes épuisées, de mon cœur qui allait finir par exploser.

Sans penser à rien, sinon à fuir.

Ils n'étaient plus que trois sur les six qui m'avaient prise en chasse, dix minutes plus tôt. C'était bien, mais ça ne suffisait pas. Même un seul aurait été un de trop, et ceux qui restaient se rapprochaient peu à peu...

Tout avait commencé à la sortie du collège.

Je les avais tout de suite reconnus. Des voyous avec lesquels, depuis quelques jours, traînait mon frère Ivan. Pas le genre de garçons à fréquenter une école. Trop vieux, trop louches, trop sûrs d'eux. Je m'étais vaguement demandé ce qu'ils pouvaient bien faire là mais, lorsqu'ils s'étaient levés de leur banc pour s'avancer vers moi, un frisson d'angoisse m'avait parcourue.

— Tsina !

Celui qui venait de m'appeler était un grand, sec et méchant. Kévin. Dans la cité, il a la réputation d'être dangereux. On dit qu'il trafique, qu'il vend de la drogue et qu'il fait pas mal de choses pas jolies jolies.

J'ai passé la bandoulière de mon sac autour de mon cou et j'ai attendu. Je n'étais pas trop inquiète. Je sais que, sur un départ arrêté, il n'y a pas grand monde qui peut me distancer !

Kévin a dû penser qu'il fallait me rassurer. Il était encore à une dizaine de pas et il a écarté les bras comme font les héros dans les films pour montrer qu'ils sont désarmés.

— Attends, Tsina. Il faut que je te dise quelque chose...

Il m'a fait un grand sourire, et je suis partie comme une flèche.

Dans la direction opposée !

Question d'habitude.

J'ai douze ans et, même si je ne suis pas ce qu'on appelle une élève brillante, j'en sais assez pour comprendre que le monde est dangereux. Du moins celui dans lequel je vis. Un monde de béton où, pour s'en sortir, il ne faut pas faire confiance à des Kévin. Un monde où il faut être fort. Ou rapide...

Je suis plutôt petite pour mon âge et je n'ai jamais vraiment réussi à me défendre en donnant des claques et des coups de poing. J'ai donc travaillé ma vitesse et, jusqu'à présent, je n'ai eu qu'à m'en féliciter. Je me suis déjà fait courser plusieurs fois, pour une raison ou une autre, et on ne m'a encore jamais rattrapée...

D'ailleurs, Bouchka ne perd pas une occasion de me caresser les mollets d'un petit air appréciateur.

— Ah, ma Tsina, dit-elle dans son mélange très personnel de français et de kazakh, tu es faite pour la steppe, pas pour ce pays fou, plein d'immeubles et de voitures !

Je suis assez d'accord. D'abord, parce que ma grand-mère est si sûre d'elle qu'elle doit avoir raison. Et puis aussi, parce qu'il y a tant de choses qui dansent dans ses yeux lorsqu'elle parle du Kazakhstan... Ce pays, que je n'ai jamais connu, mais dont j'entends parler depuis ma naissance, est un peu magique à mes yeux. Assez, en tout cas, pour oublier que je ne sais pas réellement ce qu'est la steppe !

Les barres d'immeubles, par contre, je connais. J'y suis née, cinq ans après l'arrivée de mes parents en France, et j'y ai grandi. Ce n'est pas une cité de banlieue de grande ville, mais la vie y est tout de même dure, et courir vite s'est révélé bien des fois utile.

Pour l'instant, c'était limite et j'ai commencé à avoir vraiment peur.

Les trois garçons avaient au moins quatre ans de plus que moi, et mon sac de classe me gênait. J'ai gaspillé une miette d'énergie à maudire les gens qui préfèrent prendre leur voiture plutôt que faire trois cents mètres à pied. Les trottoirs, en cette fin de journée de novembre, étaient presque déserts.

Impossible de demander de l'aide à quelqu'un !

Je ne l'aurais sans doute pas fait, mais je me serais sentie moins vulnérable. Et puis, une âme charitable aurait pu avoir l'idée d'intervenir...

J'ai jeté un bref coup d'œil autour de moi.

Je ne connaissais pas cet endroit, presque à l'opposé de la cité. Les maisons y étaient grandes, belles. Les jardins entourés de hauts murs ou de haies touffues. Un quartier riche !

Mais, à cet instant précis, cela ne présentait aucun intérêt ! Les bruits de course, derrière moi, s'intensifiaient. Mes poursuivants étaient en train de me rattraper.

J'ai essayé d'accélérer.

En vain ! Mes jambes donnaient leur maximum. Je tiens pourtant la pleine forme. Un sac de nerfs et de muscles, dit souvent Bouchka en parlant de moi. Mais ça ne suffisait pas. Je mesure moins d'un mètre cinquante, et ça limite forcément mes possibilités.

Que me voulaient-ils donc, ceux-là ? Ce n'était certainement pas pour m'offrir des fleurs qu'ils étaient en train d'essayer de battre le record du monde du marathon en ville, mais je n'avais aucune explication de rechange.

Une première fois, j'ai évité une main qui se tendait vers mon épaule. La deuxième fois, elle m'a touchée mais j'ai réussi à me dégager en tordant le buste. La troisième serait la bonne, il me fallait agir.

Sans ralentir, j'ai dégagé mon sac et, tout en le tenant solidement par sa sangle, je l'ai balancé en arrière, à l'aveuglette. Le plus fort possible.

Il y a eu un cri, suivi d'un chapelet de jurons, et les garçons ont ralenti. J'ai risqué un œil derrière moi.

Les trois voyous étaient arrêtés, et l'un d'eux se tenait la figure entre les mains.

Mon premier réflexe a été d'éclater de rire, mais très vite je me suis ravisée et j'ai fait la grimace. Ils allaient être sacrément en colère, je n'avais pas intérêt à traîner dans les parages...

Mon sang faisait un boucan d'enfer dans mes veines et ma poitrine se soulevait à toute allure. Je me suis cependant obligée à continuer sur le même rythme. On réfléchirait plus tard à ce que pouvaient bien vouloir ces trois fous. Pour l'instant, il me fallait profiter de mon maigre avantage pour leur échapper.

J'ai tourné le coin d'une rue au moment où les garçons reprenaient leur course. Devant moi, à une dizaine de mètres, un gros conteneur à gravas, placé contre le mur que j'étais en train de longer, occupait la moitié du trottoir.

Je n'ai pas hésité.

Profitant de mon élan, j'ai bondi sur son rebord et je me suis propulsée vers le faîte du mur.

En une fraction de seconde, j'ai eu le temps de serrer les dents en espérant que mes poursuivants n'allaient pas m'apercevoir, de deviner un parc immense bordant une grande maison à l'abandon et de sentir mon sac de classe s'accrocher à une aspérité de la pierre.

Déséquilibrée, j'ai basculé vers l'avant.

Je suis tombée comme une masse, sans réussir à tendre les bras pour me protéger. J'ai brièvement eu l'impression d'être une poupée désarticulée.

Ma tête est venue heurter le sol.

C'était de la terre, mais ça a quand même fait un bruit affreux. Il y a eu un éclair de douleur, une lumière vive puis une grande vague noire qui a tout submergé.

J'ai perdu connaissance.

## Chapitre 2

Je ne sais pas combien de temps plus tard, j'ai ouvert un œil.

Immédiatement, une onde de douleur m'a pulvérisé la cervelle et s'est répandue comme une traînée de feu jusque dans mon dos.

J'ai refermé l'œil.

La tempête sous mon crâne s'est un peu calmée.

J'étais allongée par terre, dans une position des plus inconfortables, une dizaine de cailloux au moins essayant de me perforer les côtes.

J'avais mal partout.

« C'est bon signe », aurait dit Bouchka. C'est ce qu'elle affirme chaque fois que je me plains de maux généralisés. « Si tu as mal partout, c'est que rien n'est grave nulle part ! » m'assène-t-elle dans ces cas-là. Ça ne l'empêche pas de me cajoler et de me soigner en me préparant d'étranges infusions au goût sucré.

Pour l'instant, ce n'était pas la médecine de ma grand-mère qui me surprenait, mais une étrange sensation, là, juste sur le côté de ma tête.

Un bref frôlement, chaud et humide. Tout doux.

J'ai attendu.

Je n'osais pas regarder. J'avais peur d'avoir mal, et en plus je ne savais pas vraiment où j'étais, ce qui se passait.

De nouveau, ce contact sur ma joue, plus insistant cette fois, et soudain un grand bruit, comme un éternuement rauque. Un souffle d'air chaud m'est passé sur le visage, fort mais rassurant.

J'ai soulevé les paupières.

Je l'ai vu.

Un cheval.

Le cheval.

Le prince des chevaux !

Il était là, juste au-dessus de moi, sa tête à deux doigts de la mienne.

Il était immense. Des muscles puissants roulaient sous sa robe noire et, de près, ses naseaux ressemblaient à deux cavernes. Ses sabots étaient enfoncés dans le sol à quelques centimètres de moi, et pourtant, je n'éprouvais pas la moindre crainte. En ouvrant les yeux, j'avais plongé directement dans son regard noisette et une chaude lumière venait d'illuminer mon cœur. J'ai soudain été envahie par une sensation de bonheur absolu.

La douleur dans mon crâne a reflué. Elle est devenue accessoire, insignifiante.

Je me suis tournée sur le côté pour pouvoir lever un bras vers l'animal qui me dominait, de sa haute taille.

— Sheïtal...

Ma voix était rauque et j'ignorais ce que signifiait le mot que je venais de prononcer. Il était sorti tout seul, sans que j'aie eu le temps de me poser de questions. Le cheval, lui, avait compris. Il a renâclé doucement comme pour acquiescer. Ses lèvres humides sont venues s'appuyer contre la paume de ma main, et je me suis sentie sourire aux anges. C'était délicieux.

C'est quand j'ai voulu m'asseoir que ça s'est gâté.

On aurait dit qu'on m'enfonçait un fer chauffé à blanc derrière la nuque. J'ai poussé un cri et j'ai de nouveau basculé en arrière.

Le cheval a été plus rapide.

Sa tête est venue me soutenir le dos, m'empêchant de tomber. Outre l'assistance qu'il m'offrait, son contact a paru calmer un peu la douleur qui me taraudait le cerveau. J'ai refermé mes bras autour de son encolure et je me suis pressée contre lui. J'avais les yeux mi-clos, mais j'ai cependant remarqué que mes cheveux et sa crinière étaient de la même couleur noire. Je crois que je n'avais jamais autant souffert de ma vie et en même temps, j'avais l'impression de ne jamais avoir été aussi heureuse.

Le cheval a lentement relevé la tête, me soulevant sans effort. Je me suis retrouvée debout. Sans lui, je me serais effondrée, mais il a devancé le moindre de mes vacillements et j'ai réussi à rester droite. Au bout de quelques minutes, mon crâne a fini par ne plus ressembler à un volcan en éruption et j'ai pu ouvrir les yeux en grand.

Le cheval fixait sur moi son regard absolument magique, et en un éclair, je me suis imaginée bondissant sur son dos pour partir dans un galop fou. Je me suis contentée de lui passer la main sur le front en grattant son poil ras du bout des doigts.

— Sheïtal, ai-je murmuré. Sheïtal. C'est bien ton nom, pas vrai ?

Il m'a semblé qu'il hochait la tête et j'ai souri.

J'ai caressé son encolure, puis le dessous de ses joues. Il s'est laissé faire.

Les récits qui avaient bercé toute mon enfance me sont revenus à l'esprit en vagues successives.

Au plus loin de mes souvenirs, j'avais toujours entendu parler de chevaux.

« Les kazakhs et les chevaux, disait Bouchka, sont nés d'une mère unique, il y a des millions d'années. Ils étaient alors identiques, même si personne ne sait à quoi ils ressemblaient. Au fil des siècles ils ont évolué jusqu'à devenir différents, mais seulement en apparence. Ils continuent toujours à penser de manière similaire, car ils ne sont qu'une seule et même race. »

Dans toutes les histoires que me racontait maman, le soir avant que je m'endorme, il y avait des chevaux qui formaient avec leurs cavaliers des paires d'amis inséparables.

Mais les plus beaux récits, c'était à papa que je les devais.

Quand j'étais plus jeune, c'était rarement lui qui me couchait mais parfois, quand il ne rentrait pas trop tard du travail, il me prenait sur ses genoux et je me blottissais contre son épaule. Ses histoires à lui étaient des histoires vraies. Des aventures qu'il avait vécues lorsqu'il était encore au Kazakhstan, avant qu'il ne soit obligé d'émigrer. Il finissait toujours par parler des étalons qu'il avait connus, montés, aimés. Sa voix, à ces moments-là, était si pleine d'émotion que je frissonnais à n'en plus finir.

Dans sa jeunesse, mon père a fait des dizaines de métiers différents, mais chaque fois, cela concernait les chevaux. Il a été éleveur, gardien, dresseur, soigneur, et j'en oublie. Il a passé des milliers d'heures assis sur une selle et il m'a souvent dit en riant que s'il avait hésité avant d'épouser maman, c'était parce qu'il savait qu'en se mariant il ne pourrait plus dormir dans l'écurie !

Et puis, un jour, mes parents ont dû quitter le Kazakhstan. Plus de travail, pas d'argent, la misère qui pointe et la peur pour les enfants et leur avenir. Une succession de hasards bizarres les a conduits en France et papa a tiré un trait sur les chevaux. En arrivant, il a compris qu'ici, sa passion était un sport de riches et que son salaire ne lui permettrait jamais de remonter. En émigrant, il avait troqué les steppes contre la ville et il ne galopait plus que dans ses rêves et dans les histoires qu'il me racontait.

Je n'avais jamais, jusqu'à aujourd'hui, rencontré un véritable cheval, mais grâce à papa j'avais toujours vécu au milieu d'eux.

J'ai flatté les épaules de Sheïtal – j'avais décidé que c'était bel et bien son nom – avec émerveillement. J'ai toutefois noté que sa robe n'était pas très propre. Des plaques de boue maculaient son ventre, des nœuds encombraient sa crinière et sa queue n'était qu'un fouillis de poils emmêlés.

— On dirait qu'il n'y a personne pour s'occuper de toi, lui ai-je fait remarquer.

Sheïtal a poussé un petit hennissement que j'ai pris pour un assentiment.

J'ai regardé autour de moi, pour la première fois depuis que j'avais repris connaissance.

Je me trouvais au milieu d'un petit bosquet, au coin d'un parc immense. Une vaste prairie, parsemée de buissons d'ornement, s'étalait devant moi jusqu'à la maison que j'avais aperçue avant ma chute. De grands arbres masquaient à moitié sa façade mais, de l'endroit où je me trouvais, j'ai de nouveau eu le sentiment qu'elle était abandonnée. Derrière moi, le mur de clôture s'élevait à presque trois mètres de hauteur, infranchissable. Je me suis demandé ce que j'allais faire.

L'idéal aurait été de rentrer sur le dos de Sheïtal, mais pour être honnête, je me voyais mal arriver à la maison avec lui. D'abord, parce qu'il avait certainement un propriétaire et ensuite parce que faire monter un cheval au neuvième étage d'un immeuble à l'ascenseur continuellement hors service, risquait d'être difficile. C'était bien dommage. J'avais l'impression que notre rencontre allait marquer un virage dans ma vie, et j'étais vraiment triste à l'idée de le quitter.

Comme pour me montrer qu'il partageait mes sentiments, Sheïtal a appuyé ses naseaux contre ma joue. J'ai fait une grimace car le contact, si doux qu'il ait été, avait résonné comme un coup de masse dans mon crâne.

— Doucement..., ai-je dit. Ne fais pas la brute !

Pour adoucir mes paroles, j'ai repris mes caresses, mais soudain je l'ai senti tressaillir.

Il a relevé brusquement la tête, les oreilles dressées.

— Que se passe-t-il ? lui ai-je demandé. Tu n'es pas vexé tout de même...

La voix a alors résonné dans mon dos, forte, méchante et toute proche.

— Mais qu'est-ce que tu fiches ici toi, hein ?

# CHAPITRE 3

De frayeur, j'ai fait un tel bond que j'aurais presque pu franchir le mur.

Mais ma réaction a été insignifiante, comparée à celle de Sheïtal.

Sa tête a décrit un brusque arc de cercle vers le haut, et il s'est à moitié cabré. Il a montré les dents, et ses oreilles se sont rabattues sur le sommet de son crâne. Dès que ses sabots antérieurs se sont reposés à terre, il s'en est servi pour battre le sol avec violence. Il semblait terrorisé et furieux à la fois et faisait de drôles de bruits de gorge.

L'homme que je n'avais pas entendu venir se dressait à moins de deux mètres de moi. Il était vêtu d'un long manteau de cuir et tenait un bâton à la main.

Immédiatement, je l'ai détesté.

Tout, en lui, respirait la méchanceté et la suffisance. Ses cheveux noirs, brillants de gel, étaient soigneusement plaqués en arrière, et ses yeux d'un bleu très pâle jetaient des éclairs de haine froide.

Ce n'était pourtant pas moi qu'il regardait mais le cheval, qui paraissait de plus en plus mal à l'aise. L'homme a fait un pas menaçant et a levé son bâton vers l'animal.

— Dégage, sale bête ! a-t-il hurlé.

Sheïtal s'est de nouveau cabré et l'homme a abattu son gourdin.

Touché à l'épaule, le cheval a poussé un hennissement de douleur. Il a fait volte-face et s'est éloigné au galop, non sans jeter de fréquents regards en arrière.

— Mais vous êtes malade ! ai-je crié.

L'homme a fixé ses yeux pâles sur moi. J'ai frissonné.

— Toi, la Chinetoque, a-t-il craché, ferme-la. Tu es chez moi et tu vas me faire le plaisir de vider les lieux en vitesse !

La colère a soudain balayé en moi toute trace de crainte. J'ai les yeux bridés et la peau très mate. Mes cheveux, que je tiens le plus souvent nattés, sont noirs et brillants. Je suis petite et mon visage est plutôt rond, mais je suis française d'origine kazakhe, pas chinoise. Je n'allais pas me laisser intimider par un abruti capable de traiter un cheval comme il venait de le faire.

— Je ne suis pas chinoise, ai-je répondu, mais vous êtes trop bête pour vous en apercevoir. Vous êtes un monstre stupide et...

La claque m'a prise complètement au dépourvu.

Il portait une grosse chevalière à l'annulaire droit et je l'ai sentie entailler ma pommette. Ma tête est partie en arrière et la douleur a explosé dans mon crâne encore plus forte qu'après ma chute. J'ai juste eu le temps de penser que j'avais dû me casser quelque chose en tombant, et que j'allais peut-être mourir. J'ai fermé les yeux et j'ai contracté tous mes muscles pour essayer de lutter contre l'enfer qui se déchaînait.

Si je ne me suis pas écroulée, c'est que l'homme avec le manteau de cuir m'a alors saisie par l'épaule.

— Sale morveuse, a-t-il lancé, je devrais appeler la police !

Il est parti à grands pas en me tirant derrière lui.

Mes jambes s'emmêlaient, je perdais l'équilibre à chaque pas, et la souffrance dans ma tête me donnait envie de vomir. Mais l'homme était fort. Sans doute aurait-il été capable de me porter longtemps sans se fatiguer. Je ne suis pas tombée.

Il m'a entraînée en direction de la maison jusqu'à une large allée gravillonnée. Il a alors bifurqué vers la droite et nous avons atteint un grand portail métallique. Sans me laisser le temps de respirer, l'homme a ouvert une porte dans le mur, juste à côté, et m'a jetée dans la rue.

— Et ne t'avise plus de pénétrer ici !

Le battant a claqué et je me suis retrouvée seule.

Mes jambes étaient toutes molles, tremblantes, et je n'ai eu d'autre solution que de m'asseoir par terre, les pieds dans le caniveau.

Pendant de longues minutes, la douleur a galopé derrière mes tempes, puis lentement elle a reflué pour enfin se calmer. J'ai encore attendu un moment, puis doucement je me suis levée.

Je me sentais patraque, mais, heureuse de ne plus souffrir, pas un instant je n'ai douté d'être capable de rentrer à pied à la maison.

La lumière du jour baissait rapidement, et un à un les lampadaires au-dessus de moi se sont éclairés. Je me suis approchée du grand portail et j'ai glissé un œil par l'interstice entre les deux battants. Mon champ de vision était réduit et je n'ai réussi à apercevoir que quelques arbres et un morceau de façade.

Aucune trace de Sheïtal.

Je me suis demandé ce qui pouvait pousser un homme à maltraiter un animal aussi magnifique et, au souvenir du coup de bâton, mes mâchoires se sont serrées. Lorsqu'il s'était enfui, le cheval ne paraissait pas blessé, mais le geste était inacceptable. J'ai croisé les doigts pour que quelqu'un fasse payer sa cruauté à ce bourreau et je me suis mise en route.

*

Ça n'a pas été facile de rentrer.

Je n'avais plus vraiment mal au crâne, mais toute mon énergie m'avait quittée. Si la bande de Kévin m'avait prise en chasse à ce moment-là, ils n'auraient eu aucun mal à m'attraper. Heureusement je n'ai vu aucun signe d'eux.

Le plus difficile a été de gravir les neuf étages.

J'avais appuyé, sans trop y croire, sur le bouton de l'ascenseur, et bien sûr il ne s'était rien passé. J'étais bonne pour me bagarrer avec les escaliers ! Je me suis arrêtée au moins mille fois. Je n'habitais pas un immeuble, mais le sommet inaccessible d'une montagne. À la fin, chaque marche était une falaise à escalader et j'ai vraiment cru que je n'allais pas y arriver. J'ignore comment j'ai fait pour ne pas renoncer en chemin, mais j'ai fini par m'adosser à la porte de notre appartement. J'ai mis un doigt sur la sonnette.

C'est maman qui est venue m'ouvrir et, à partir de là, tout est allé mieux.

Je me suis retrouvée comme par magie assise dans le canapé, un bol d'infusion à la main, Bouchka me massant les tempes, pendant que maman soignait la coupure sur ma joue. Mon frère est entré au moment où je finissais de raconter mon histoire.

Dire qu'il a été surpris de me découvrir en un tel état serait bien en dessous de la vérité !

Ivan a dix-sept ans et lui, est né au Kazakhstan. Il n'en garde pas le moindre souvenir, puisqu'il n'avait que quelques mois quand la famille a atterri ici. Il a les mêmes yeux que moi et depuis quelque temps se laisse pousser les cheveux qu'il attache en queue de cheval. Cela fait un an qu'il ne va plus à l'école et il travaille comme apprenti chez un garagiste. Il est toujours très gentil avec moi et dès qu'il m'a vue, il s'est précipité pour savoir ce qui se passait.

De nouveau j'ai raconté mes aventures en insistant sur Kévin et sur la poursuite. Je le regardais dans les yeux et j'ai bien vu qu'il pâlissait.

— Tu ne sais pas, toi, ce qu'ils me voulaient ces garçons ? lui ai-je demandé, mine de rien.

Ivan a secoué la tête sans répondre. Il avait l'air soucieux. Il a réfléchi quelques secondes, puis il s'est redressé et s'est éloigné vers sa chambre. Il n'a pas tardé à reparaître, un paquet assez volumineux sous le bras.

— Je reviens, a-t-il lancé à maman. J'en ai pour une minute.

Il est sorti et je n'ai pu m'empêcher de sourire.

Ivan n'est pas un voyou. C'est un garçon super, et même si, quand il allait à l'école, ses notes ont rarement atteint la moyenne, aucun professeur ne s'est jamais plaint de son comportement.

Il est rentré au moment où on passait à table. Sans son paquet…

Il m'a fait un petit signe discret et je l'ai rejoint.

— Voilà, m'a-t-il dit, c'est réglé. Je m'étais laissé entraîné dans une histoire un peu tordue avec Kévin, mais c'est fini maintenant.

— Quelle histoire ?

Ivan a eu l'air gêné.

— C'est un peu compliqué, a-t-il tergiversé. Un peu idiot aussi. Un machin que je devais revendre pour lui, mais qui ne lui appartenait pas vraiment… Tu comprends ?

— Parfaitement ! Kévin est un voleur et toi tu es son complice.

Mon frère a éclaté de rire, mais le cœur n'y était pas.

— Tu exagères. Ce qui est sûr, c'est qu'il a cru que j'essayais de le tromper et il s'en est pris à toi pour me faire peur.

— Et ?

— Et ça a marché, petite sœur. J'ai réellement eu peur ! Mais désormais, tu peux être tranquille. J'ai réglé mes affaires avec Kévin, il ne t'approchera plus et je me tiendrai loin de lui et de ses copains.

J'ai envisagé de le taquiner un peu, mais j'étais fatiguée. L'essentiel avait été dit. Ivan était sincère et je me suis sentie parfaitement rassurée.

Bouchka a appelé et nous sommes passés à table.

C'était un soir sans papa et, sans son rire pour égayer la maison, les repas sont toujours un peu tristes. D'habitude, c'est moi qui prends la relève, mais pour une fois il me tardait d'aller me coucher et je n'avais pas envie de faire le clown.

Maman avait failli appeler un docteur, mais Bouchka l'en avait dissuadée.

— Elle n'a rien, avait-elle affirmé. Une bonne nuit de repos et tout rentrera dans l'ordre.

Ma grand-mère n'est jamais allée à l'école et ne sait ni lire ni écrire. C'est pourtant elle, le médecin de la famille, et grâce à sa décision j'ai échappé au calvaire d'une consultation. On a aussi économisé un peu d'argent, mais ça c'est une autre histoire...

Je me suis enfin mise au lit.

Je partage ma chambre avec Bouchka.

Ça fait bien rire mes copines quand je leur dis que je dors avec ma grand-mère, mais je m'en fiche. Moi, ça me plaît et je ne changerais pour rien au monde.

D'habitude, elle se couche bien après moi. Elle est capable de passer la moitié de la nuit devant la télé à regarder des émissions de son pays, qu'on réussit à capter, pas trop bien, avec la parabole du balcon. Elle râle parce que les chaînes kazakhes émettent de plus en plus souvent en russe, mais ça ne l'empêche pas de rester scotchée des heures devant l'écran.

Ce soir-là, cependant, je l'ai entendue se glisser dans son lit alors que maman et Ivan attendaient encore papa. J'avais les yeux qui se fermaient tout seuls et je sentais bien que j'allais basculer d'une seconde à l'autre dans le sommeil. Je n'ai pourtant pas pu résister à l'envie de tout raconter une nouvelle fois à ma grand-mère.

— Tu sais Bouchka, lui ai-je confié, je ne savais pas qu'un cheval c'était aussi beau. Sheïtal est noir comme la nuit quand il n'y a pas de lune. Il est fort, mais si gentil. C'est lui qui m'a aidée, je te l'ai dit, pas vrai ?

— Sheïtal ? a juste relevé Bouchka.

J'ai hésité deux secondes.

— Oui. C'est son nom.

— Qui te l'a dit ?

— Personne. Je le sais, c'est tout. C'est sorti tout seul de ma bouche, et il a compris que c'était lui. Tu crois que c'est possible qu'il s'appelle vraiment comme ça ?

Il y a eu un long moment de silence et j'ai commencé à m'endormir. Puis la voix de ma grand-mère s'est élevée dans l'obscurité.

— Ma Tsina... C'est son nom, j'en suis certaine. Chez nous, au Kazakhstan, et quand je dis chez nous, je ne parle pas de l'ouest du pays qui est une antichambre de la Russie. Non, je parle des steppes de l'Est, au bord du lac Zaïsan, à la frontière de la Mongolie. Chez nous, donc, on sait que lorsqu'il naît un humain n'est pas complet. Pour le devenir, il doit partir à la recherche de son Irgouist, son animal double. Souvent les Kazakhs ont un cheval comme Irgouist, mais pas toujours. Ton grand-père, par exemple, avait un aigle, avec lequel il chassait. Quand on trouve son animal double, c'est un peu comme quand on allume la lumière dans une pièce sombre. Tout paraît évident. Pas besoin de dressage ou de leçon. On sait, c'est tout.

Bouchka s'est tue.

Mes paupières se sont fermées une fois de plus et je n'ai pas réussi à les relever. J'ai tout de même posé une dernière question.

— Tu crois que Sheïtal est mon Irgouist ?

Je n'ai pas entendu la réponse.

Je chevauchais un cheval noir dans les grandes steppes du sommeil.

# Chapitre 4

Le matin venu, plus rien !

À peine une petite impression de flottement quand je me suis levée, et qui a vite passé lorsque j'ai englouti un grand bol de céréales.

Papa était déjà parti. Il travaillait en ce moment sur un chantier à presque cinquante kilomètres d'ici et quittait la maison bien avant que les autres ne se lèvent.

Après le petit déjeuner, comme il me restait cinq minutes, j'ai jeté un coup d'œil sur mon cahier de texte.

Ça m'a coupé la digestion...

Contrôle de maths !

Bon, d'accord, je le savais depuis une semaine, mais ça m'a quand même fait un choc. C'est vrai que j'aurais pu réviser, que j'aurais dû réviser, mais ça m'était complètement sorti de la tête. J'allais encore me ramasser une note abominatroce...

J'ai fait la bise à Bouchka, la seule personne à être encore là, et je suis partie.

En chemin, j'ai désespérément essayé de me rappeler le cours de géométrie, mais ma chute de la veille avait dû me vider le cerveau. Je n'ai pas réussi à retrouver la moindre formule, le plus petit bout de leçon...

Par contre, je me souvenais parfaitement de Sheïtal, de sa robe sombre, de son regard doux et c'est en pensant à lui et non à Thalès que je suis entrée au collège.

*

Quand j'en suis ressortie quelques heures plus tard, l'image du cheval occupait toujours la plus grosse partie de mon esprit.

Les profs avaient pourtant tout fait pour que je l'oublie.

D'abord le contrôle de maths, si difficile et tellement tordu que je n'ai finalement pas regretté de n'avoir rien révisé. J'aurais pu passer des heures le nez sur mon cahier, je me serais tout de même plantée. Ensuite, anglais, physique et français, avec chaque fois quelqu'un en face de nous convaincu que sa matière est essentielle et qu'on n'a rien d'autre à faire qu'à passer des heures à la travailler. Rien que ça...

Une fois libre, je me suis empressée de tirer un trait sur cette déplorable journée et j'ai suivi mes pieds.

C'est Bouchka qui m'a expliqué comment faire.

La première fois, je n'ai pas saisi. « C'est évident, lui ai-je dit. Je suis bien obligée de les suivre, mes pieds, puisqu'ils font partie de moi ! »

Elle a continué à m'expliquer, et un jour j'ai compris.

Pour les suivre, il faut d'abord les libérer du contrôle de son cerveau. Ça, c'est le plus difficile, parce que au début, quand ils n'ont plus personne pour les commander, les pieds ont tendance à ne pas bouger. Il faut donc leur en donner l'envie, sans leur dire où aller, et c'est pas fastoche. Quand c'est fait, la suite vient facilement.

On suit ses pieds.

D'accord, les rabat-joie diront que c'est parce que le reste du corps n'a pas le choix, mais ce n'est pas sûr et, de toute façon, ce n'est pas important.

Il était quatre heures, et pour une fois j'avais un peu triché.

Je savais bien où mes pieds allaient me conduire...

*

Je suis passée devant le gros conteneur à gravas et j'ai résisté à l'envie de l'escalader pour grimper sur le mur. J'ai continué jusqu'au grand portail métallique.

Au moment où j'arrivais, il s'est ouvert et j'ai entendu le bruit d'un moteur.

Une voiture, la Golf noire dont rêvait Ivan, est sortie du parc. J'ai serré les dents en reconnaissant derrière le volant l'homme au manteau de cuir, mais il a tourné dans la direction opposée et, dans un rugissement de moteur malmené, l'auto s'est éloignée.

Je m'étais plaquée contre le mur et j'ai poussé un long soupir de soulagement. Dès que la Golf a tourné au coin de la rue, je me suis précipitée vers l'ouverture dans le mur, mais le portail devait être électrique et il s'était déjà refermé.

J'ai de nouveau guetté par la fente entre les battants, mais pas plus que la veille je n'ai réussi à apercevoir quoi que ce soit d'intéressant.

J'ai alors fait demi-tour, et quand je me suis retrouvée devant le conteneur à gravas ma décision était prise. J'ai caché mon sac de classe sous des débris de briques, j'ai vérifié que personne ne pouvait me voir et je me suis hissée sur le mur. Je ne pouvais pas me permettre de rester une heure perchée là-haut et, tout en sachant que je faisais certainement une grosse bêtise, je me suis laissée tomber de l'autre côté.

J'ai atterri avec plus de souplesse que la fois précédente et j'ai regardé autour de moi.

La grande maison se dressait de l'autre côté du pré, la plupart de ses volets fermés, sa façade envahie par le lierre. À l'opposé du portail, dans la direction qu'avait prise Sheïtal en s'enfuyant, j'ai discerné une autre étendue d'herbe au moins aussi vaste que celle qui me faisait face et il m'a semblé apercevoir des formes qui pouvaient être celles de chevaux.

J'ai calculé un itinéraire, le plus discret possible, et je suis partie, le dos plié en deux, m'abritant derrière le moindre buisson, le moindre arbuste.

Lorsque j'ai atteint le deuxième pré, je me suis sentie mieux. Aucune fenêtre de la maison ne donnait de ce côté et, à une vingtaine de mètres de moi, derrière une barrière de bois, quatre chevaux broutaient paisiblement.

L'un d'eux était Sheïtal.

Il a levé la tête au moment où je l'appelais silencieusement et a poussé un court hennissement. Il est venu vers moi au petit trot alors que ses compagnons ne me gratifiaient que d'un regard indifférent.

— Alors, la Merveille, lui ai-je demandé, comment va ton épaule ?

En guise de réponse, Sheïtal m'a reniflé dans l'oreille et j'ai éclaté de rire. J'ai pris son cou entre mes bras et j'ai appuyé ma joue contre sa grosse tête toute douce.

— J'ai rêvé de toi, lui ai-je murmuré. Cette nuit et pendant toute la journée... Ça ne m'a pas aidée pour mon contrôle de maths, mais on s'en fout, pas vrai ?

Sheïtal m'écoutait avec attention, sans bouger.

J'ai enjambé la barrière et je suis venue me placer contre lui. J'ai examiné son épaule. Je n'y ai vu aucune trace mais, quand je l'ai caressé, je l'ai senti tressaillir.

— Tu as mal ? Ce monstre mériterait qu'on lui fasse manger son bâton !

Cela me semblait tout à fait normal de parler à haute voix à un cheval, d'autant plus qu'il paraissait comprendre chacune de mes paroles.

J'ai repris mes caresses en évitant soigneusement la zone sensible, et mon opinion de la veille a été confirmée. Sheïtal était un animal magnifique, mais on voyait bien que personne ne s'occupait de lui. Sans être une spécialiste des chevaux, il ne m'était pas difficile de remarquer que sa robe n'avait pas vu de brosse depuis des mois. De nombreuses estafilades auraient eu besoin d'être nettoyées, et un passage au jet d'eau lui aurait fait le plus grand bien.

Je n'ai pas été surprise. Pouvait-on attendre autre chose d'un maître capable de le traiter aussi cruellement ?

J'ai jeté un œil sur les autres chevaux. Évidemment, je les ai trouvés bien moins beaux que Sheïtal.

Eux aussi auraient mérité un bon décrassage, et j'ai poussé un grognement de contrariété.

Cela faisait plus de dix-sept ans que papa n'avait pas vu un cheval, mais je l'avais si souvent entendu parler de ses montures et des soins qu'il leur prodiguait que je savais ce qu'il aurait fait à ma place...

J'ai regardé autour de moi.

De l'autre côté du pré se dressait une petite construction en bois, devant laquelle la boue avait remplacé l'herbe.

— C'est ton écurie ? ai-je demandé à Sheïtal.

J'en attendais peut-être trop, il n'a pas répondu...

Mais quand je me suis mise à marcher, il m'a emboîté le pas. Nous avons avancé côte à côte, ma main droite posée sur son flanc. Je m'étais placée de manière à ce qu'un éventuel observateur ne puisse pas me repérer depuis la maison, et je n'étais absolument pas inquiète.

J'avais l'impression qu'un courant circulait entre nous et mon bras entier était parcouru de fourmillements. Je me suis surprise à sourire béatement.

Rien ne pouvait m'arriver !

En atteignant l'écurie, j'ai eu un haut-le-cœur. Le fumier s'entassait dans tous les coins, la paille était sale et l'odeur insupportable.

Je me suis pincé le nez en faisant une atroce grimace.

— C'est pas possible, ai-je lancé à la cantonade, ce type est complètement cinglé. Il ne s'y prendrait pas autrement s'il voulait se débarrasser de ses chevaux. Qu'est-ce qu'il te reproche, hein, Sheïtal ?

Mon compagnon, en guise de réponse, s'est avancé dans l'écurie. Des naseaux, il a bousculé une grosse brosse métallique pendue à un clou. Elle s'est mise à osciller.

J'ai souri.

— Tu crois peut-être que je suis venue faire ta toilette ? Espèce de canasson sans-gêne !

Sheïtal a planté ses yeux dans les miens et j'ai regardé ma montre. Cinq heures dix. Il me restait une bonne demi-heure avant qu'il ne fasse nuit et que Bouchka ne commence à s'inquiéter.

— C'est bon, ai-je dit, tu as gagné. Mais je te préviens, je n'ai jamais étrillé un cheval de ma vie. Ne te plains pas si je m'y prends mal...

J'ai attrapé la brosse et je suis ressortie en vitesse en retenant ma respiration.

À l'extérieur, je me suis mise au travail.

C'était un sacré boulot !

Heureusement, Sheïtal a fait plus que coopérer. Il n'a pas cessé de se déplacer avec de petits mouvements tranquilles, de façon que je n'oublie pas le moindre centimètre carré de peau. Je ne m'étais pas rendu compte qu'un cheval représentait une telle surface de poils et j'ai rapidement eu les bras en compote. J'ai vite compris que pour être efficace, il fallait y aller franchement. Sheïtal aimait ça, mais c'était encore plus fatigant.

J'ai tout de même fini par m'en sortir.

Le ciel commençait à s'obscurcir quand j'ai remis la brosse à sa place. La robe de Sheïtal était brillante et je l'ai trouvé plus beau que jamais. J'ai attrapé sa tête et je l'ai embrassé entre les yeux.

— Tu crois que tu es mon Irgouist ? lui ai-je murmuré à l'oreille.

Sheïtal a poussé un petit hennissement tout doux, et j'ai été convaincue qu'il me disait oui. Je me suis sentie follement heureuse.

Le temps continuait à s'écouler, il faisait maintenant presque nuit.

— Il faut que j'y aille, tu m'accompagnes jusqu'au mur ?

Sheïtal s'est mis à marcher, et une fois de plus je n'ai pas douté qu'il m'ait compris. Il m'en a rapidement donné une nouvelle preuve.

J'avais ouvert la barrière pour qu'il puisse passer, mais au lieu d'aller tout droit vers l'endroit où j'avais pénétré dans la propriété il a bifurqué à droite. Je l'ai suivi, jusqu'à un petit bosquet de chênes qui poussaient le long du mur de clôture.

J'ai immédiatement remarqué la grosse branche basse qui me faisait un véritable escalier pour atteindre le sommet.

— Tu es génial, l'ai-je félicité. Je t'avoue que j'étais un peu inquiète. Je ne me voyais pas aller demander la clé du portail à ton maître, et pour sortir le conteneur à gravas est du mauvais côté. Mais maintenant, grâce à toi, il n'y a plus de problème.

Sheïtal m'a écouté jusqu'au bout avec attention mais, dès que j'ai eu fini de parler, il m'a poussée de la tête vers le gros chêne. Il voulait visiblement que je ne m'attarde pas ici. Peut-être craignait-il que l'homme au manteau ne surgisse ou bien avait-il peur que je n'arrive en retard à la maison. J'étais certaine qu'il était capable de réfléchir de manière aussi intelligente. Normal, c'était mon Irgouist...

Je l'ai embrassé une dernière fois et j'ai escaladé l'arbre.

Franchir le mur a été un jeu d'enfant, et une fois de l'autre côté j'ai foncé récupérer mon sac de classe. Je l'ai passé en bandoulière et je suis partie en courant.

J'ai fait tout le trajet jusqu'à la maison à fond, sans ressentir le moindre début de fatigue.

Comme si la moitié cheval de mon être était en train de s'éveiller...

# CHAPITRE 5

— Dis, Bouchka, je crois que tu avais raison. Sheïtal est mon Irgouist.

Ma grand-mère n'a rien répondu, mais je savais qu'elle écoutait. J'avais résisté au sommeil pour l'attendre, car je voulais lui confier mon aventure. Elle s'était sûrement doutée de quelque chose, car elle n'avait pas traîné devant la télé comme les autres soirs. Elle s'était couchée une nouvelle fois peu de temps après moi. Je venais de lui raconter ce que j'avais fait en sortant du collège et, en guise de réaction, j'avais eu droit à son petit rire perlé, celui qui lui fait plein de rides autour des yeux.

— Je me sens terriblement coincée, ai-je continué. Je suis obligée d'y retourner maintenant. Il compte sur moi et j'ai besoin de lui. Mais je sais que ce n'est pas bien de s'introduire en cachette chez les gens et en plus je crois que si l'Affreux m'attrape, ça risque de chauffer.

J'avais décidé d'appeler ainsi l'homme au manteau de cuir. Il n'y avait pas de nom, ni sur le grand portail métallique ni sur la petite porte en bois par laquelle il m'avait éjectée. L'Affreux lui allait de toute façon comme un gant...

— Bouchka, tu crois que je vais pouvoir grimper sur son dos ?

Là, ma grand-mère a réagi.

Il y a eu du bruit dans son lit et, dans l'obscurité, j'ai imaginé son visage tourné vers moi. La solennité de sa voix m'a toutefois surprise.

— Fais attention, Tsina... Même le meilleur des chevaux peut ne pas avoir envie d'un cavalier. Ce n'est pas sûr du tout que Sheïtal t'accepte, et tu ne dois pas oublier que tu ne sais pas monter. C'est une chose qui s'apprend et qui est souvent longue et difficile. Il ne suffit pas d'en avoir envie pour y parvenir.

— Mais, Bouchka, Sheïtal est mon Irgouist. Il comprend tout ce que je lui dis et il m'aime. Tout à l'heure, il a même eu peur que j'arrive en retard et il m'a demandé d'accélérer. Je ne risque rien avec lui.

Ma grand-mère a eu son petit rire.

— Ah, Tsina, tu es vraiment une fille des steppes. Tu n'as peur de rien et tu es têtue comme une mule, mais je crois que là tu exagères. Un cheval, même Irgouist, ne sait pas lire l'heure. Non, crois-moi, ce serait une bêtise que de le monter sans quelqu'un pour t'enseigner les bases et t'aider si tu en as besoin… Tu m'as comprise, pas vrai Tsina ?

— Oui, ai-je murmuré, oui je t'ai comprise. Mais tu peux dire ce que tu veux, je sais que je n'ai rien à craindre de Sheïtal. C'est plutôt l'Affreux qui m'inquiète…

Bouchka a soupiré puis s'est lancée :

— Et ces voyous qui t'ont couru après ? Ils ne te font pas peur ?

La veille, il avait fallu que j'insiste pour ne pas qu'elle aille les voir chez eux. Ce n'était pas dans sa culture de se rendre au commissariat pour porter plainte, mais elle aurait volontiers réglé le problème à coups de rouleau à pâtisserie.

— Plus maintenant, Bouchka. Ivan s'est expliqué avec eux, ils ne m'embêteront plus. L'Affreux, par contre…

— Quoi, l'Affreux ?

— Mais je rentre chez lui sans autorisation !

— Ça c'est mal, a admis ma grand-mère, même si un homme comme lui est indigne d'avoir des chevaux. Je ne vois qu'une solution.

— Laquelle Bouchka ?

— Ne te fais pas attraper et débrouille-toi pour que tes parents ne soient pas au courant…

Ça, c'était ma grand-mère tout craché !

Elle avait toujours estimé que dans la vie, il fallait savoir ce qu'on voulait et se débrouiller pour l'obtenir.

La menace d'une paire de claques ne comptait guère pour elle, même si c'était moi qui devais la recevoir. Bien sûr, son raisonnement pouvait vite devenir glissant, mais il avait l'énorme avantage de m'ouvrir en grand les portes de la liberté.

J'ai empoigné mon coussin et je l'ai serré contre moi. J'ai fermé les yeux, heureuse à l'avance du rêve que j'allais faire.

La voix de Bouchka s'est pourtant élevée une dernière fois :

— Et n'oublie pas, Tsina, tu as promis ! N'essaie pas de le monter, c'est dangereux. Fais-le et je dis tout à tes parents !

Ça aussi, c'était Bouchka.

Gentille, douce, tolérante et parfois dure comme l'acier. Je savais qu'elle ferait ce qu'elle avait dit, et un drôle de pressentiment m'a chatouillé le dedans du crâne.

*

Le lendemain, c'était mercredi.

D'habitude, je traîne un peu au lit, je prends mon petit déjeuner devant la télé, je regarde vaguement si j'ai des devoirs, je discute avec Bouchka, je l'accompagne faire le marché. Nous préparons ensemble le déjeuner et, l'après-midi, je vais me balader. Je trouve toujours une copine dans la cité, et la journée se déroule sans histoire, pas vraiment palpitante.

Ce matin-là, je me suis levée comme si j'avais été éjectée de mon lit par un ressort géant. Bouchka m'a regardée, sacrément surprise. Elle était debout depuis longtemps – je ne sais d'ailleurs pas quand elle trouve le temps de dormir – mais s'attendait à rester seule encore un moment.

— Tu as un problème, Tsina ? m'a-t-elle demandé.

— Non, j'ai un rendez-vous !

Ma grand-mère a souri en secouant la tête.

— Ça veut dire que je vais aller seule sur le marché ?

J'ai tâché de prendre l'air désolé, mais je ne crois pas avoir été vraiment crédible.

— Ça te fait de la peine, Bouchka ?

Elle a résisté à l'envie de me taquiner et m'a embrassée.

— Du moment que tu es là à midi, m'a-t-elle dit, tu peux aller où tu veux.

La plupart du temps, quand des parents ne se préoccupent pas de savoir où sont leurs enfants, c'est plutôt mauvais signe. Parfois ça se passe bien, parfois ça donne des Kévin...

Chez moi, c'est différent.

Mes parents ne s'occupent pas trop de moi, mais c'est parce qu'ils travaillent tout le temps. Ils ne gagnent pas beaucoup d'argent, et ils ne peuvent pas se permettre de s'arrêter, ou alors exceptionnellement. Ils se reposent donc beaucoup sur Bouchka pour mon éducation. Le problème, c'est que pour elle les enfants doivent grandir libres, sans adulte pour les enquiquiner. Elle a toujours connu ça dans les steppes kazakhes et elle ne s'est jamais rendu compte qu'en France c'était différent.

Je ne m'en plains pas, ça me permet de faire ce que j'ai envie et d'éviter ce qui me gêne. Heureusement, Bouchka a aussi des principes, qu'elle m'a inculqués. Il ne me viendrait pas à l'idée de voler ou de faire une mauvaise action. J'utilise juste ma liberté pour être tranquille et c'est ce que souhaite, je crois, ma grand-mère.

*

Il n'était pas neuf heures et demie lorsque je suis sortie.

J'avais d'abord interrogé Bouchka pour savoir comment on s'occupait d'un cheval et j'avais soigneusement rangé les informations en deux familles. Ce que j'allais pouvoir faire et ce qui m'était malheureusement interdit. Dans la seconde catégorie, on retrouvait l'entretien de la selle et du harnachement, les soins vétérinaires, la toilette de fond et le récurage de l'écurie. Il ne me restait pas grand-chose dans la première, et je m'étais promis de m'occuper consciencieusement des sabots de Sheïtal et de lui redonner un coup de brosse.

Ma grand-mère m'a tout de même demandé des indications sur l'endroit où je comptais me rendre, et je lui ai bien précisé que la maison était abandonnée, le terrain immense et que je ne risquais rien.

Je crois qu'elle n'a pas vraiment compris et qu'elle s'est imaginé une grande plaine avec une cabane de rondins et de toile, à moitié écroulée. Elle était passée sans transition de la steppe kazakhe aux immeubles de banlieue et depuis elle ne quittait pratiquement jamais la cité. Difficile pour elle de se représenter une maison bourgeoise dans un grand parc...

Je n'ai pas insisté, ce qui n'était peut-être pas complètement honnête, et je me suis dépêchée de m'enfuir.

Impossible de passer par l'arbre pour entrer, ses branches du côté de la rue étaient bien trop hautes. J'ai continué jusqu'au conteneur à gravas. Là, j'ai été obligée d'attendre un moment, car il y avait pas mal de voitures qui circulaient. J'ai profité d'un bref instant où la rue a été vide pour franchir le mur.

Dès que je me suis retrouvée de l'autre côté, je me suis tapie derrière un buisson. J'ai observé la maison pendant presque dix minutes. Je n'ai pas décelé le moindre bruit, le moindre mouvement. Mieux, je n'ai pas aperçu la Golf noire. L'Affreux devait être au travail, du moins si quelqu'un comme lui avait besoin de travailler. Vu la taille de la maison et du parc, j'en doutais. Les millionnaires ne s'esquintent pas sur les chantiers comme papa ou à faire les ménages comme maman...

J'ai tout de même pris un maximum de précautions pour rejoindre le deuxième pré, n'hésitant pas à deux reprises à m'aplatir au sol. On aurait dit une Sioux sur le sentier de la guerre !

Une fois en sécurité de l'autre côté de la maison, celui sans fenêtres, je me suis redressée.

Sheïtal était là, à moins de dix mètres.

Quand il m'a vue, il a poussé un hennissement de joie et a pris le trot pour me rejoindre.

J'ai franchi la barrière et je lui ai sauté au cou. J'ai enfoui ma figure dans sa crinière.

Elle était rêche et sentait l'animal sauvage, mais je n'avais jamais connu de contact aussi agréable.

J'ai poussé un cri de joie.

— Yahou, Sheïtal, tu es mon Irgouist et je suis heureuse ! On fait la course ?

Sans attendre, je me suis élancée à travers le pré en direction de l'écurie.

J'ai entendu son galop derrière moi et j'ai accéléré.

Je cours vite, je vous l'ai déjà dit. Plus vite que bien des adultes, je crois. Mais là, une fusée noire m'a laissée sur place.

Le temps d'écarquiller les yeux et il était déjà loin.

Il a fait un grand cercle à toute allure avant de revenir vers moi. J'ai essayé de le tromper en feintant à gauche tandis que je partais à droite, mais son grand corps s'est penché et il a parfaitement suivi mon mouvement.

Puis il s'est mis à trotter à côté de moi et on aurait dit qu'il faisait semblant de forcer pour me laisser croire que j'avais mes chances, que nous étions à égalité.

J'ai tendu le bras et j'ai attrapé sa crinière.

— Tricheur ! ai-je haleté. Tu as quatre pattes, et moi deux jambes. Ça ne compte pas !

Sheïtal a alors relevé la tête, et je me suis sentie soulevée du sol.

J'ai ainsi parcouru plusieurs mètres sans toucher terre. Je n'ai même pas eu le temps d'avoir mal au bras, la sensation était phénoménale.

— Encore ! ai-je crié.

De nouveau Sheïtal m'a soulevée et de nouveau j'ai eu l'impression de m'envoler.

— Encore !

— Encore !

— Encore !

Nous avons ainsi décrit de grands cercles dans le pré, Sheïtal courant, moi bondissant à ses côtés.

Finalement, j'ai demandé grâce.

Je n'en pouvais plus. Mon épaule menaçait de s'arracher, mes jambes s'emmêlaient et j'avais de la boue plein les baskets.

Nous avons marché tranquillement jusqu'à l'écurie.

Près de la barrière, les trois autres chevaux avaient regardé notre manège d'un œil surpris mais peu intéressé. Je m'en moquais, ils n'étaient pas mes Irgouists.

J'ai eu du mal à trouver le crochet dont m'avait parlé Bouchka. Je l'ai finalement déniché dans un coin, sous l'abreuvoir. C'était une grosse tige métallique recourbée à son extrémité, emmanchée dans un morceau de bois patiné par l'usage. Quand il m'a vue le saisir, Sheïtal a renâclé mais, visiblement, c'était de contentement.

Nous sommes sortis, et de lui-même il m'a tendu un sabot.

Ma grand-mère aurait été bien surprise. Elle m'avait averti que ce serait un travail difficile et m'avait indiqué plusieurs trucs de cavalier pour obliger un cheval à soulever la jambe.

« Pousse-le fort sur le côté, avec l'épaule, et donne-lui un coup sec derrière le genou. En même temps, tire sur sa patte. Si ça ne marche pas, recommence et ne te décourage pas. J'en ai connu qui ont mis plus d'une heure avant de pouvoir curer un seul sabot de leur monture. » Avec Sheïtal, pas de problème. C'était de la coopération, pas un affrontement.

Je me suis mise au travail et j'ai rapidement pigé le truc. Il y avait des tas de choses incrustées dans la corne et sous le fer. Le crochet était l'outil idéal pour nettoyer tout ça. Je me suis appliquée et, malgré quelques petits coups maladroits, Sheïtal n'a pas bronché.

Quand ç'a été fini, je l'ai de nouveau brossé jusqu'à ce que sa robe brille. Ensuite, je lui ai tapoté l'épaule.

— Un petit coup de manège pour me dire merci ?

Je me suis mise à courir et une fois encore il est venu se placer près de moi.

J'ai saisi sa crinière et je me suis envolée.

À trois reprises, je suis montée si haut que j'ai eu la tentation de tendre la jambe pour retomber sur son dos. Ç'aurait été facile, mais je me suis retenue. J'avais promis à Bouchka, et ce n'était que dans les films que les gens montaient les chevaux à cru...

Quand j'ai été fatiguée, nous sommes allés boire. J'ai ouvert la bonde de l'abreuvoir extérieur et, une fois vidé, je l'ai nettoyé avec une poignée d'herbe. Lorsqu'il a été à peu près propre, je l'ai rempli avec de l'eau claire et, pendant que Sheïtal se désaltérait, je me suis aspergé le visage au robinet.

Après, je me suis assise sur la barrière et Sheïtal s'est approché pour me souffler dans le cou. J'ai éclaté de rire, puis soudain je me suis figée. Un frisson glacé m'a traversé le dos.

L'affreux venait de s'engager sur le pré et se dirigeait à grands pas vers moi.

# Chapitre 6

Je suis restée immobile une bonne poignée de secondes, ce qui a laissé le temps à l'Affreux de parcourir la moitié de la distance qui nous séparait. Il n'était plus qu'à une vingtaine de mètres, lorsque enfin j'ai réagi. C'est Sheïtal qui m'a permis de bouger.

À côté de moi, il s'est raidi et a poussé une vilaine plainte rauque, un avertissement.

Ça a agi sur moi comme un électrochoc et je me suis élancée.

L'Affreux portait toujours son manteau de cuir et son visage exprimait une violente colère. Il a essayé de m'attraper, et pendant un court instant j'ai cru qu'il allait y parvenir. J'étais partie en direction du bosquet de chênes, ce qui m'a obligée à me rapprocher de lui. Je crois que si j'ai pu m'en sortir, c'est qu'il a sous-estimé ma vitesse. Il était plutôt jeune, avec de longues jambes, j'ai lu dans ses yeux qu'il était sûr de pouvoir m'intercepter.

Mais je vous l'ai dit, je cours vite. Très vite même...

Je lui suis passée sous le nez et, dès que j'ai vu qu'il y avait au moins deux mètres entre lui et moi, j'ai su que j'étais sauvée. Il n'a pas donné toute sa vitesse immédiatement, certain qu'il était que je n'avais aucune chance, et moi j'ai accéléré.

L'écart entre nous s'est creusé et, même quand il est parti à fond, il n'a pas réussi à le combler. Je suis arrivée au gros chêne avec une bonne longueur d'avance et je me suis retrouvée dans la rue avant qu'il ait pu tenter quoi que ce soit.

J'étais sauvée mais pour ne pas prendre de risque, j'ai continué à courir jusqu'à la maison.

Bizarrement, c'est en grimpant les escaliers que j'ai eu vraiment peur.

Une véritable terreur à contre temps.

Je savais pourtant que l'Affreux ne m'avait pas suivie à l'extérieur de la propriété, mais ça ne comptait pas, j'étais terrorisée. Je ne me suis calmée que lorsque la porte d'entrée s'est refermée derrière moi. Je l'ai verrouillée à double tour et je suis tombée nez à nez sur Bouchka.

— Et alors, Tsina ? s'est étonnée ma grand-mère. Déjà là ?

Puis elle a remarqué mon souffle court et mon air affolé.

— Que se passe t-il ? Que t'arrive t-il ?

Je me suis forcée à respirer profondément deux ou trois fois et, une fois dans la cuisine, je lui ai tout raconté.

Elle m'a écoutée sans rien dire, en préparant une de ces infusions dont elle a le secret. Quand l'eau a frémi, elle a rempli un bol qu'elle a posé sur la table. J'ai obéi à l'ordre qui n'avait pas été formulé et je me suis assise. Je buvais ma première gorgée lorsqu'elle a tranché.

— Eh bien, Tsina, il va falloir oublier ton cheval !

J'en ai recraché ma tisane dans le bol et, le menton dégoulinant, je me suis insurgée :

— Il n'en est pas question !

J'avais crié et Bouchka a sursauté.

— Sheïtal est mon Irgouist, ai-je continué. C'est toi qui m'as appris que lorsqu'on rencontrait son animal double, on se sentait complet, heureux. Je l'ai trouvé et tu voudrais que je l'abandonne ? Impossible !

Ma grand-mère a eu l'air gênée.

— Attends, Tsina, est-elle intervenue. C'est une légende kazakhe que je t'ai racontée, et ici, tu es en France. Ton Affreux est peut-être dangereux et en plus il est chez lui. Tu dois renoncer !

J'ai repoussé mon bol jusqu'au milieu de la table. Je n'étais pas en colère mais forte d'une résolution inébranlable.

— Tu crois peut-être avoir raconté une légende, lui ai-je expliqué, mais moi je sais que c'est la vérité. Je le sens tout au fond de mon cœur et dans chacun de mes muscles. C'est écrit dans ma tête et dans mon ventre. Sheïtal est mon Irgouist et je ne l'abandonnerai jamais.

Bouchka a fait une drôle de grimace et n'a plus rien dit.

Elle a juste attrapé mon infusion et l'a bue doucement, en prenant son temps.

Comme si je n'existais pas...

J'ai compris que la discussion était finie pour l'instant mais je n'étais pas satisfaite. Je connaissais bien ma grand-mère. Je savais qu'elle me laisserait agir à ma guise, mais j'aurais aimé qu'elle m'aide à trouver une solution. Qu'elle me souffle comment j'allais pouvoir continuer à voir Sheïtal sans me faire massacrer par l'Affreux.

Elle ne m'aiderait pas mais, de toute façon, même en le voulant, comment aurait-elle pu faire quelque chose ?

J'allais devoir me débrouiller toute seule.

J'ai fait semblant de me mettre à mes devoirs afin de pouvoir réfléchir tranquillement.

Très vite, j'ai pris une décision : j'allais y retourner l'après-midi même !

J'avais peur, mais je ne pouvais pas faire autrement.

*

La matinée s'est terminée sans que le moindre petit bout de solution ne pointe son nez. J'ai pourtant cogité, monté des plans, imaginé des stratagèmes, rien ne tenait la route.

J'ai pensé à enlever Sheïtal. J'étais certaine qu'il me suivrait si je le lui demandais, mais je ne pouvais pas le cacher dans ma chambre sans parler de comment lui faire franchir le mur de la propriété.

J'ai aussi envisagé d'empoisonner l'Affreux. C'était une solution assez rigolote en apparence, mais je savais bien que je ne ferais jamais une chose pareille. Et en plus, à part les infusions de Bouchka et l'aspirine de maman, j'ignorais complètement où trouver du poison.

Une idée m'a trotté un bon moment dans le crâne. J'allais me rendre chez l'Affreux et m'expliquer : je n'étais pas une voleuse, je voulais juste rester avec Sheïtal. En échange, je pouvais lui proposer mes services pour nettoyer l'écurie et brosser les chevaux, puisqu'il n'avait pas le temps de le faire. Mais je me suis souvenue de son regard glacial, du coup de bâton qu'il avait donné à Sheïtal et de la gifle qu'il m'avait assenée. Ce n'était pas un bonhomme avec qui on pouvait négocier !

Finalement, maman est rentrée, suivie peu de temps après par Ivan. Pendant que je réfléchissais, Bouchka avait préparé le repas et nous sommes passés à table. Nous avons parlé de choses et d'autres, et j'ai été reconnaissante à ma grand-mère de ne rien dévoiler de mes aventures de la matinée.

À midi, maman ne fait qu'une courte pause, quand elle en fait une, et elle est vite repartie. Ivan s'est installé un moment devant la télévision, puis il s'est levé en bâillant pour retourner travailler.

Il n'était pas encore en bas de l'immeuble qu'à mon tour j'ai ouvert la porte. Bouchka m'a suivie jusque sur le palier. Elle ne disait rien, mais dans ses yeux j'ai lu qu'elle désapprouvait ce que j'allais faire. À ma grande honte, je dois dire que ça ne m'a fait ni chaud ni froid !

J'ai quand même essayé de la tranquilliser.

— T'en fais pas, Bouchka, lui ai-je dit. Je ferai très attention. Ce matin, je n'ai pas été très prudente mais là, je ne me montrerai pas. Je me mettrai dans un tout petit coin et personne ne me verra. Je ne risque rien, c'est promis !

J'avais dit ça autant pour elle que pour moi et si je me suis sentie un peu rassurée, ma grand-mère n'a pas paru touchée par mes arguments. Elle n'a pas desserré les dents, et je suis partie avec une pointe d'inquiétude au creux du ventre.

Si j'avais su...

## CHAPITRE 7

J'avoue que lorsque j'ai passé le mur je n'en menais pas large. Mon cœur battait la chamade et j'étais littéralement morte de trouille. Pourtant, une force plus puissante que la peur me poussait en avant. Je ne pouvais tout simplement pas rester loin de Sheïtal.

Une fois dans le parc, je me suis tapie derrière les buissons et je n'ai plus bougé. Sur le chemin, j'avais mis au point un vague plan, pas vraiment génial, que maintenant je n'osais pas mettre à exécution.

Il m'a fallu plus d'un quart d'heure pour me décider.

Avec une lenteur infinie et en multipliant les précautions j'ai commencé à avancer. Mais pas vers le pré à l'arrière, non...

Vers la maison !

C'était la seule idée que j'avais trouvée. Il me fallait en savoir plus sur l'Affreux, sur ses habitudes, son travail s'il en avait un, ses horaires...

J'ai rampé d'arbre en arbre, bénissant le manque de soin que l'homme au long manteau infligeait à son parc. Contre le mur de clôture, les taillis étaient nombreux, touffus et j'ai pu me faufiler aussi discrètement que si j'avais été une couleuvre.

Je me suis approchée à moins de vingt mètres de la maison, pas plus loin. L'allée gravillonnée qui conduisait au portail me barrait la route, trop à découvert pour être traversée. J'ai observé la bâtisse avec soin.

Elle n'était pas en très bon état, mais avait dû être superbe. Élevée sur deux étages, elle était faite de briques rouges à moitié camouflées par un lierre envahissant. L'entrée principale se situait en haut d'un perron décoré d'une balustrade en fer forgé. On y accédait par un double escalier en arc de cercle, et l'ensemble m'a fait penser à un vieux film dont j'avais oublié le titre. Sur la façade principale, les fenêtres, nombreuses mais petites, étaient fermées pour la plupart par des volets de bois qui auraient eu besoin d'un bon coup de peinture. Celles qui ne l'étaient pas, étaient poussiéreuses et garnies de rideaux. Je n'ai pas réussi à distinguer quoi que ce soit à l'intérieur.

L'allée faisait le tour de la maison par le côté que je ne connaissais pas encore. C'était peut-être là-bas que l'Affreux garait sa voiture mais je ne voyais pas comment je pouvais vérifier cette éventualité. J'ai décidé de me pencher sérieusement sur la question.

Jouer l'espionne, m'avait redonné confiance et tout se clarifiait dans ma tête.

J'allais continuer à voir Sheïtal, je ne pouvais pas faire autrement, mais il était hors de question que je me laisse coincer une nouvelle fois. D'abord, parce que je m'estimais plus maligne que l'Affreux et ensuite, parce que cet homme me paraissait décidément bien louche.

Rien ne collait vraiment dans cet endroit.

Les chevaux en premier. À quoi bon posséder quatre de ces magnifiques, mais très coûteux, animaux si c'était pour les maltraiter et les priver de soins ?

La maison également n'allait pas. L'Affreux était jeune, habillé avec des vêtements de prix, à la mode, presque excentriques. Pas le genre de bonhomme à habiter une bâtisse comme celle-là. Bon, je sais, la plus grande partie de ma culture vient des séries télévisées, mais j'imaginais plutôt un vieux juge à la retraite vivant ici, pas un type se prenant pour un mannequin.

J'étais confortablement allongée dans l'herbe, sous un buisson et je me suis mise à réfléchir intensément. Je mourais d'envie d'aller retrouver Sheïtal mais il me fallait d'abord comprendre comment fonctionnait cet homme.

Au bout de quelques minutes, j'ai réussi à définir ce qui me gênait.

Il y avait un décalage d'âge. L'Affreux était jeune, branché, la maison était vieille. Quand je dis vieille, je ne parle pas seulement de l'époque de sa construction, mais de la demeure dans son ensemble. Les rideaux aux fenêtres, les pots de fleurs sur le perron, les bordures de pierre le long de l'allée, tout, ici, dégageait une impression de vieillesse.

Seul l'Affreux dénotait dans ce décor.

C'était bien, mais ça ne m'avançait pas à grand-chose ! Je devais faire le tour de la maison pour découvrir si la Golf noire était là !

Ça ne me ravissait pas, mais je n'avais pas le choix si je voulais passer un moment tranquille avec Sheïtal.

Je me suis concentrée et j'ai visé un buisson de l'autre côté de l'allée. Il allait me falloir moins de deux secondes pour traverser, ce serait bien ma veine si quelqu'un m'apercevait pendant ce temps-là...

J'ai déclenché le compte à rebours dans ma tête.

Cinq.

Quatre.

Trois.

Je me suis à moitié relevée, prête à me propulser en avant.

Deux.

Un.

Je me suis aplatie sous mon buisson, tentant de devenir invisible, souffle bloqué, totalement immobile.

La porte d'entrée de la maison venait de s'ouvrir ! L'Affreux est sorti.

Il portait toujours son long manteau de cuir et de là où j'étais, j'ai pu voir le gel briller dans ses cheveux. Il parlait dans un téléphone portable et je me suis remise à respirer. Il ne faisait absolument pas attention à ce qui l'entourait.

Tout en discutant, il a descendu les quelques marches du perron et s'est avancé dans ma direction. J'ai essayé de me fondre dans la terre, de disparaître complètement. Il a continué à avancer, et ses paroles sont devenues audibles :

— Oui... Non... Pas tant que ça, peut-être trois hectares, au maximum quatre. Il faut que je vérifie... Oui... Oui... Non, je n'ai aucune idée de ce que peut être le cosse dans le secteur... Oui... Non, je vous l'ai déjà dit, c'est trop tôt, la vieille ne sera pas d'accord. Il faut encore attendre... Oui...

La voix a faibli et j'ai osé lever les yeux.

L'Affreux avait tourné à gauche dans l'allée qui contournait la maison. Il a disparu à l'angle de la bâtisse et je suis restée allongée, immobile. Une vingtaine de secondes se sont écoulées, interrompues soudain par un bruit de moteur. La Golf noire est apparue, l'Affreux conduisant d'une main tout en poursuivant sa conversation téléphonique.

J'ai vaguement espéré qu'il se prenne un arbre, mais il roulait trop doucement et ne se serait certainement pas fait mal...

La voiture a continué vers le portail qui s'est ouvert automatiquement quand elle en a été à une dizaine de mètres. L'Affreux s'est engagé dans la rue et a accéléré en faisant crisser ses pneus. En plus d'être fou et dangereux, il conduisait comme une bûche...

Le portail s'est refermé et je me suis redressée. Je n'avais plus qu'une seule pensée, rejoindre Sheïtal. Je suis partie en courant, coupant au plus court, sans même envisager la présence de quelqu'un d'autre dans la maison...

*

J'ai retrouvé Sheïtal dans son pré.

J'étais debout sur la barrière au moment où il est arrivé sur moi. Il s'est rangé sur le côté, me présentant son flanc, et instinctivement j'ai attrapé sa crinière et lancé ma jambe.

Au dernier moment je me suis retenue.

Les paroles de Bouchka me sont revenues en mémoire, ainsi que ma promesse ne pas essayer de monter Sheïtal. En même temps un flot d'amertume m'a submergée. J'étais certaine que tout se serait bien passé. Il était mon Irgouist et il avait autant envie de m'avoir comme cavalière que moi de l'enfourcher...

Je me suis laissée glisser à terre et j'ai caressé le poil duveteux autour de ses naseaux.

Il avait l'air surpris, un peu déçu.

— J'ai promis, lui ai-je dit. J'ai promis à Bouchka de ne pas monter sur ton dos. Tu comprends, elle ne te connaît pas, elle a peur que tu me repousses, que je me blesse. Ce n'est pas sa faute, tu es mon Irgouist, pas le sien...

Sheïtal a renâclé doucement et j'ai compris que c'était un petit rire.

— Ne te moque pas de ma grand-mère, l'ai-je grondé affectueusement. Quand elle était jeune, c'était une grande cavalière.

Je lui ai un peu tiré les oreilles et il a remué la tête.

— Elle est Kazakhe, tu sais ? ai-je ajouté. Moi aussi d'ailleurs, mais ce n'est pas pareil. Elle, elle a vécu toute sa vie dans les steppes avec les chevaux. Moi, avant de te rencontrer, les seuls chevaux que j'avais vus, c'était à la télé. Ça fait une différence, tu ne crois pas ?

Sheïtal a de nouveau remué la tête et j'ai décidé qu'il était d'accord.

J'ai plongé la main dans ma poche et j'ai sorti deux morceaux de sucre que je lui ai tendus, paume bien à plat. Il les a cueillis délicatement du bout des lèvres et j'ai éclaté de rire. Il avait l'air de se régaler.

— Il va falloir te brosser les dents ! lui ai-je dit.

Sheïtal a poussé un bref hennissement et je me suis frotté les mains.

— OK, mon vieux, tu veux ta revanche ? Tu vas l'avoir ! Prêt ? Partez !

Je me suis élancée comme une flèche et il m'a suivie en piaffant de joie.

*

Nous avons joué une bonne partie de l'après-midi, alternant les courses-poursuites épuisantes aux moments plus calmes où je lui confiais mes secrets au creux de l'oreille, puis, lorsque ma montre m'a indiqué qu'il était presque cinq heures, je lui ai fait mes adieux.

— Il faut que j'y aille, maintenant. Ça fait longtemps que l'Affreux est parti. Il ne faudrait pas qu'il tombe sur moi en rentrant. Mais, promis, on se revoit demain. Je passe après le collège, d'accord ?

Je l'ai embrassé une dernière fois et j'ai regagné le bosquet de chênes. Je me suis retrouvée dans la rue avec une drôle de douleur au creux du ventre.

En quittant Sheïtal, j'avais l'impression d'abandonner un peu de moi-même, et ce n'était pas agréable du tout...

# CHAPITRE 8

— Est-ce que quelqu'un sait ce que c'est, un cosse ?

Nous étions à table et, pour une fois, papa mangeait avec nous.

Son chantier était fini et son patron l'avait ramené plus tôt que d'habitude. Nous n'avons pas de voiture, et tous les matins papa attend devant l'immeuble que son chef passe le prendre. Parfois, il attend longtemps...

C'est toujours plus gai quand il est là, je vous l'ai déjà dit. Son travail est pourtant fatigant, mais il est continuellement de bonne humeur, même quand il est crevé, et avec lui la famille est réellement complète.

J'avais posé ma question entre deux bouchées d'un ragoût qu'avait préparé Bouchka, et tout le monde m'a regardée avec un drôle d'air. Finalement, Ivan s'est lancé :

— Tu mélanges tout, Tsina ! On dit une cosse. C'est ce qu'on met au bout des fils électriques pour les branchements.

Je me suis renfrognée.

— Je ne suis pas idiote, ai-je maugréé. Si je demande ce que veut dire un cosse, je sais ce que je dis !

Ivan a poussé un petit sifflement.

— C'est qu'elle me mordrait, cette peste, a-t-il souri.

J'ai regardé les autres, les interrogeant des yeux.

— Ne compte pas sur mon aide, a immédiatement dit Bouchka. Tu sais que le français et moi, on n'est pas vraiment copains...

— Moi, a proposé maman, je connais le bleu des Causses. C'est un fromage, mais je ne crois pas que ce soit ce que tu cherches.

J'ai soupiré. Ce n'était bien sûr qu'un détail, mais comprendre ce qu'avait dit l'Affreux m'aurait peut-être aidé à mieux saisir la situation et ainsi me rapprocher de Sheïtal.

Papa s'est raclé la gorge.

— Je n'ai pas été longtemps à l'école, et je suis meilleur maçon que parleur, mais je crois que ton mot est peut être un sigle. Sur les chantiers, il est souvent question de COS. Ça a un rapport avec la taille et le nombre des maisons qu'on peut bâtir sur un terrain. Ça répond à ta question ?

Je suis restée un moment silencieuse, à réfléchir intensément, ma fourchette suspendue en l'air. Puis j'ai senti un grand sourire étirer ma bouche.

— Ça pourrait coller, ai-je lancé. Ça colle même super bien !

Maman m'a regardée, surprise.

— Tu nous en dis un peu plus ?

J'ai sans doute beaucoup de défauts, mais il y en a un auquel je crois avoir échappé. Je ne mens pas. Je suis même parfois trop honnête, et ça me joue des tours. Pourtant là, la réponse est sortie toute seule, sans que j'aie besoin de la préparer.

— C'est hier en français. Le prof nous a lu un texte qui parlait d'une entreprise en bâtiments. Elle a utilisé ce mot et je n'ai pas compris...

J'ai fait comme si le sujet était clos et la conversation a basculé sur autre chose. Pendant que papa et Ivan se mettaient à parler mécanique, j'ai introduit cette nouvelle pièce dans le puzzle que j'essayais d'ordonner.

L'Affreux envisageait de se lancer dans la construction ?

Il fallait que j'en apprenne plus.

*

Le jeudi matin, en première heure, j'ai histoire.

J'adore mon prof. C'est une vieille dame qui devrait déjà être à la retraite mais qui continue à enseigner sans se lasser, et je ne sais pas ce qui la passionne le plus de sa matière ou de ses élèves. Ces derniers, en tout cas, l'apprécient énormément et ses cours sont parmi les rares à toujours être intéressants.

Je me suis débrouillée pour l'aborder un peu avant que les autres n'entrent en classe.

— Madame ?

— Oui, Tsina ?

Elle est douce, souriante et aime par-dessus tout que les enfants fassent preuve de curiosité.

— Vous pouvez m'expliquer ce que signifient les initiales COS ?

— Coefficient d'Occupation du Sol.

— ...

— C'est en fait la taille maximum que peut avoir une construction sur un terrain donné. Ce COS varie selon les endroits, les villes et même les quartiers. Tu comprends ?

— Je crois, ai-je répondu. Supposons que quelqu'un possède un grand parc. Le COS peut-il être important pour lui ?

— Bien sûr. Surtout s'il envisage de bâtir, un lotissement ou un immeuble par exemple. Plus le coefficient dans le secteur est élevé, plus cette personne pourra construire une surface importante. Il y a beaucoup de gens qui comptent sur les variations du COS pour gagner de l'argent en vendant des terrains ou en construisant. Tu t'intéresses à ça, toi ?

J'ai eu un sourire que j'ai délibérément voulu naïf.

— Non, pas du tout. Je suis en train de lire un bouquin et dans l'histoire il y a un escroc qui trafique. J'avais peur de ne pas tout comprendre...

La sonnerie du début des cours a retenti, m'ôtant la difficile tâche de trouver un titre au livre que je venais d'inventer. Je suis allée m'asseoir à ma place et j'ai continué à gamberger. L'Affreux envisageait-il de vendre la propriété ? Cela expliquerait pourquoi il se préoccupe aussi peu de son entretien. Cela pourrait même donner un sens à la manière qu'il avait de traiter ses chevaux, s'il prévoyait de s'en débarrasser. Mais, si tel était le cas, qui était la vieille dont il avait parlé ?

Je manquais dramatiquement d'indices, et il était aussi possible que je fasse complètement fausse route. Supposons que j'aie raison, l'Affreux avait parfaitement le droit de vendre sa maison, et ce n'était pas parce qu'il était violent et antipathique que c'était forcément un truand. Pendant un instant je me suis sentie écrasée par mon impuissance, puis je me suis secouée. Sheïtal !

C'était la seule chose qui comptait. Un homme capable de frapper mon Irgouist était assurément un hors-la-loi. Il fallait que je trouve la faille.

Autour de moi, le cours d'histoire se déroulait sans que j'aie la moindre idée de ce qui s'y disait, mais Sheïtal prenait trop de place dans mes pensées pour que j'accorde de l'importance à ce genre de choses...

J'ai attendu l'heure de la sortie.

*

À cinq heures, je suis partie en courant.

Je ne me suis pas arrêtée au conteneur à gravas, j'ai continué jusqu'au portail. Il était fermé et, une nouvelle fois, je l'ai examiné en détail. Sur le battant de gauche, une fente dans le métal servait à faire basculer le courrier dans la boîte aux lettres. Je me suis approchée.

Il y avait une inscription, un nom qui avait été tracé à la peinture noire, mais le temps l'avait rendu presque illisible. J'ai tout de même réussi à déchiffrer le début : Arna...

Ça ne m'apprenait pas grand-chose.

J'ai décidé de continuer à marcher sur le trottoir en longeant le mur de clôture. Je n'étais jamais venue jusque-là et j'avais l'impression de n'être presque plus en ville. Je savais que la campagne était proche mais je n'imaginais pas qu'elle puisse l'être autant. Les maisons, à partir d'ici, avaient toutes un petit air de fermes, les jardins étaient grands et beaucoup étaient des potagers. La rue a tourné à gauche, et j'ai failli pousser un cri de joie.

La chance me souriait. Le mur que je suivais depuis un bon moment venait de se transformer en une simple grille derrière laquelle se dressait une haie pas trop en forme et surtout pas trop épaisse. La maison de l'Affreux était juste là, à une dizaine de mètres, et je voyais enfin le côté qui jusqu'à présent m'avait échappé.

Je suis montée sur le muret qui soutenait la grille et j'ai regardé à travers la haie. J'ai parfaitement discerné l'endroit où l'homme au manteau, monsieur Arna... quelque-chose, garait sa voiture. J'ignorais toujours s'il était honnête, mais je pouvais au moins savoir s'il était là ou non. Pour l'instant il était absent...

Je n'ai hésité qu'une demi-seconde.

Franchir la grille et traverser la haie était bien plus facile que passer par-dessus le mur et je me suis retrouvée à l'intérieur de la propriété. J'ai longé la façade et j'ai rejoint le pré des chevaux.

Si j'avais douté que Sheïtal soit bien mon Irgouist, il m'aurait fallu me rendre à l'évidence. Je n'étais jamais arrivée par ce côté et il ne savait pas que j'allais venir. Pourtant, il était là, près de la barrière, et il m'attendait...

J'ai sauté à son cou et j'ai planté mes doigts dans sa crinière. Il a poussé un hennissement joyeux qui a fait vibrer mes oreilles et lever la tête à ses trois compagnons qui broutaient un peu plus loin. L'envie de bondir sur son dos m'a envahie, presque irrésistible, mais une nouvelle fois je me suis contrôlée. Je me suis tout de même demandé si j'allais pouvoir respecter longtemps ma promesse. Dès le moment où je l'avais touché, la vague de bonheur habituel avait déferlé et je me sentais pleinement heureuse. Je me suis campée devant lui et j'ai levé les bras au ciel en criant :

— Yahou !!!

Au même instant, comme pour répondre à ma demande informulée, Sheïtal s'est cabré. Dressé sur ses jambes arrière, il a battu l'air des ses antérieurs en secouant la tête. Il était magnifiquement sauvage. Impressionnant.

Pas une seconde je ne me suis sentie en danger. Il me surplombait de sa taille gigantesque, ses sabots s'agitant à quelques dizaines de centimètres de mon visage et la seule émotion qui m'emplissait était un sentiment de complète harmonie avec lui.

J'ai baissé les bras et il est retombé à quatre pattes. J'ai alors tendu la paume de mes mains vers lui et j'ai avancé de deux pas. Il a reculé en montant ses genoux bien haut, comme pour marquer la cadence.

J'ai fait un mouvement sur le côté et il m'a suivi en faisant voltiger sa crinière.

Un long moment nous avons poursuivi cette chorégraphie primitive et improvisée, deux danseurs inventant des pas qui témoignaient de notre complète entente...

Plus tard, nous avons fait la course pour atteindre l'abreuvoir et Sheïtal m'a laissée gagner. Nous avons bu ensemble, directement dans la vasque, tête contre tête. J'étais si heureuse que j'ai eu peur d'exploser.

Il faisait presque nuit lorsque je lui ai fait mes adieux.

— À demain, lui ai-je murmuré à l'oreille.

C'est à cet instant que j'ai aperçu la lumière au rez-de-chaussée de la maison. J'ai sursauté.

J'étais pourtant persuadée qu'il n'y avait pas de fenêtres de ce côté. J'avais dû être trompée par le lierre sur la façade. L'Affreux avait certainement oublié d'éteindre avant de partir. J'avais de la chance de m'en être aperçue, il faudrait que je fasse plus attention désormais.

Je me suis glissée jusqu'au bosquet de chênes. C'était tout de même bien plus court pour rentrer chez moi que de passer par la haie et la grille.

Juste avant de franchir le mur, je me suis retournée une dernière fois pour contempler Sheïtal qui me regardait depuis la barrière. Au même instant, la lumière dans la maison s'est éteinte.

Un frisson m'a parcouru le dos.

L'Affreux venait de rentrer ou bien...

# CHAPITRE 9

— Je suppose que tu continues à aller voir ce cheval ?

Bouchka venait de me prendre par le bras au moment où je sortais de la maison pour partir au collège. Je lui ai fait un sourire.

— Tu le sais bien...

— Bien sûr que je le sais et je me fais du souci pour toi. Tu as de nouveau rencontré l'homme dont tu m'as parlé ?

— L'Affreux ? Non. Je me méfie et il n'est pas prêt de pouvoir m'approcher.

Ma grand-mère a eu un petit rire et je l'ai sentie fière de moi.

— Ça, je m'en doute. Dis-moi, tu te souviens de ta promesse ?

— Oui, Bouchka ! Je ne monterai pas sur le dos de Sheïtal, même si c'est le plus gentil des chevaux du monde, tant que quelqu'un, je ne sais pas qui, ne m'aura pas appris comment faire...

— Ne fais pas la maligne, a-t-elle grogné. Je sais ce que je dis. Maintenant file, tu vas rater tes cours.

Je suis partie en courant, à mon habitude.

C'est parce que je suis tout le temps en retard que je suis si rapide. J'ai tellement pris l'habitude d'être pressée que je n'ai pas eu d'autre solution que de me faire des jambes de sprinteuse.

*

Au collège, le prof de maths nous a rendu nos contrôles.

Quatre sur vingt.

J'ai fait la grimace. Je ne suis pas une très bonne élève mais en travaillant j'arrive normalement à la moyenne. Cette fois-ci, je n'avais vraiment rien révisé et je me suis sentie fautive. Ça faisait une semaine que j'avais un cheval dans la tête et, si je ne me reprenais pas, j'allais droit à la catastrophe. Je me suis promis de faire attention et de ne plus me laisser aller. Toute la journée, je me suis donc efforcée d'être attentive, me concentrant sur ce que disaient les profs et sur mes exercices.

Quand finalement je suis sortie du collège, je n'avais « dérapée » que deux ou trois fois et j'avais l'impression d'être redevenue une élève normale.

Je suis partie en courant, une fois de plus, et j'ai foncé jusqu'au conteneur à gravas. Là, j'ai hésité. Le mur ou la haie ?

C'est mon impatience de retrouver Sheïtal qui m'a décidée. Faire le tour du parc me prendrait encore quelques minutes et je mourais d'envie de le revoir. J'ai caché mon sac sous les débris de briques et je me suis hissée sur le mur. De là, je me suis laissée glisser au sol.

J'avais fait le mauvais choix !

Il m'attendait derrière un buisson et n'a eu qu'à tendre le bras pour m'attraper.

J'ai poussé un cri d'effroi et j'ai donné une secousse pour me libérer, mais il me tenait fermement et sa prise n'a pas cédé.

— Toi, a-t-il craché, tu vas voir ce qui va t'arriver...

Ses yeux pâles brillaient de rage et à voir sa bouche tordue par la colère, je n'ai plus douté qu'il soit complètement fou.

— Lâchez-moi, ai-je crié, vous me faites mal ! Je n'ai rien fait !

Mes paroles ont semblé décupler sa fureur et il m'a secouée comme si j'avais été une poupée de chiffon.

— Rien fait ? a-t-il hurlé. Rien fait ? Tu t'introduis chez moi en cachette, tu fouilles, tu voles, et tu prétends que tu n'as rien fait ? Tu mériterais une bonne correction, mais je préfère me débarrasser de toi en appelant la police.

Ses mots m'avaient assommée.

D'accord, j'étais entrée chez lui, mais je n'avais rien pris. Au contraire, j'avais soigné son cheval, nettoyé son abreuvoir. Pourquoi inventait-il de tels mensonges ?

Il a plongé sa main libre dans sa poche et en a sorti un téléphone portable. Il a commencé à pianoter sur les touches et soudain tout a basculé. J'ai vu Bouchka et maman venant me chercher au commissariat, accusée de cambriolage. J'ai imaginé la tête de papa apprenant que sa fille était une voleuse. J'ai entrevu des barreaux, un juge...

J'ai explosé.

L'Affreux maintenait une petite fille et, une seconde plus tard c'était un chat sauvage qu'il essayait de maîtriser. J'ai rué, griffé, donné des coups de pied, tout en criant. J'ai essayé de le mordre aussi et, si j'avais réussi, je crois que je lui aurais enlevé un morceau. Son téléphone a été balayé et s'est retrouvé par terre, ouvert en plusieurs morceaux.

Hélas, ma rébellion a vite été matée. Une fois l'effet de surprise passé, l'Affreux a resserré sa prise, faisant craquer l'os de mon poignet et de l'autre main, il m'a giflée.

Deux fois.

À la volée.

De toutes ses forces.

Je n'ai plus bougé.

L'Affreux était tout pâle et ses yeux lançaient des éclairs. Un vilain coup de griffe barrait sa joue et une poche de son long manteau était arrachée. Avec le téléphone brisé, il n'avait pas d'autres dégâts. J'étais dans de sales draps !

Il s'est soudain mis à marcher, manquant m'arracher le bras, et je me suis revue quelques jours plus tôt, traînée par le même homme, de manière similaire. Mais, cette fois-ci, nous n'avons pas tourné vers le portail.

Toujours en me secouant, il m'a emportée vers la maison et a gravi les marches du perron en me tirant derrière lui. Il a ouvert la porte d'un coup de pied, et nous nous sommes retrouvés dans un grand hall d'où s'élançait un imposant escalier de pierre. Les murs était couverts de tableaux et des meubles de bois sombre se dressaient un peu partout.

L'affreux m'a tirée jusqu'à un guéridon sur lequel était posé un téléphone. Cela faisait longtemps que mes jambes ne me portaient plus et, quand il m'a lâchée, je me suis effondrée. J'avais l'impression d'être dans le brouillard et mes joues me brûlaient.

Je l'ai vu prendre le combiné, mais au moment où il commençait à composer le numéro de la police, une voix s'est élevée, provenant de derrière nous.

— Philippe ! Que se passe t-il ?

L'Affreux s'est retourné brusquement, et je ne l'ai pas reconnu.

Il était complètement transformé !

Son visage ne présentait plus la moindre trace de fureur, il souriait et, lorsqu'il a parlé, sa voix a résonné, toute douce.

— Ne vous inquiétez pas, madame. J'ai surpris une jeune délinquante en train de voler dans le parc et j'appelle la police pour qu'elle s'en charge.

J'ai tourné la tête avec difficulté car les coups de l'Affreux avaient réveillé une vieille douleur dans ma nuque. Une vieille femme était là, assise dans un fauteuil roulant, toute menue avec des cheveux blancs vaporeux. Elle était vêtu d'un peignoir de laine bleue et braquait sur moi un regard interrogateur.

J'ai ouvert la bouche pour parler, me défendre, me justifier, mais elle m'a coupé la parole.

— Non ! a t-elle dit d'un ton qui ne tolérait aucune contradiction.

C'était à l'Affreux qu'elle s'adressait et, pendant une fraction de seconde le masque de celui-ci est tombé. Sa bouche s'est tordue, ses yeux ont lancé un éclair de haine.

Il s'est si vite repris que je doute qu'elle se soit aperçue de quelque chose et il a reposé le combiné du téléphone.

— Non ? a-t-il demandé doucement. Mais pourquoi ?

La vieille femme a actionné les roues de son fauteuil et s'est rapprochée de nous.

— Cela fait plusieurs jours que j'observe cette enfant. Elle ne vole rien, ne casse rien, mais elle a un don, c'est évident. Il suffit de la voir avec Black pour s'en apercevoir. C'est un étalon difficile, tu es bien placé pour le savoir, pourtant cette fillette joue avec lui et lui fait faire absolument ce qu'elle veut.

— Mais..., a essayé l'Affreux.

— J'ai dit non, Philippe ! Tu n'appelleras pas la police. Je suis encore ici chez moi, que je sache ! Maintenant laisse-nous, je voudrais parler avec cette enfant.

De nouveau l'Affreux a frémi, et j'ai compris qu'il faisait un effort monumental pour se contenir. Finalement un sourire contraint s'est dessiné sur ses lèvres et il a hoché la tête.

— Bien, a-t-il acquiescé, comme vous voudrez. Faites tout de même attention, cette petite ne me dit rien qui vaille.

Il a tourné les talons et est sorti.

La vieille dame m'a souri.

— Tu peux te lever tu sais.

Je me suis aperçue que j'étais toujours à moitié couchée au sol et je me suis empressée de me mettre debout.

— Je n'ai rien volé, ai-je commencé, je voulais juste...

— Je sais, m'a-t-elle coupée. Comme je viens de le dire, je t'ai observée depuis le début de la semaine et j'ai compris ce qui t'amène ici.

Elle m'a regardée avec plus d'attention.

— Tu es kazakhe, non ?

J'ai haussé les sourcils. Rares sont les personnes qui connaissent l'existence de ce pays, bien qu'il soit cinq fois plus grand que la France, et d'habitude mes yeux bridés donnent à penser que je suis chinoise.

J'ai hoché la tête et la vieille femme a de nouveau souri.

— Ça explique ton don. J'ai toujours dit que les Kazakhes étaient les meilleurs cavaliers du monde. Je suis tout de même étonnée. Black est un étalon rétif, sauvage, et personne n'a jamais pu agir avec lui comme tu l'as fait.

J'ai souri.

— Il ne s'appelle pas Black. Il s'appelle Sheïtal et c'est mon Irgouist.

# Chapitre 10

La vieille dame s'appelait madame Arnaud et ça m'a fait tout drôle de parler avec une autre grand-mère que Bouchka.

L'âge mis à part, elles n'avaient pas grand-chose en commun. Bouchka n'est certes pas bien grande, mais madame Arnaud était minuscule et rien en elle ne faisait penser à l'énergie que dégage ma grand-mère. Elle était distinguée, coiffée, maquillée et s'exprimait en choisissant soigneusement ses mots. Ses yeux étaient du même bleu très pâle que ceux de l'Affreux, et s'il ne l'avait pas vouvoyée j'aurais juré que c'était son fils.

— Sheïtal ? Tiens donc ! Je croyais que le nom des chevaux leur était donné par leur propriétaire. La règle a changé sans que j'en sois avertie ?

J'ai bien compris qu'elle me taquinait, mais ça ne m'a pas empêchée de devenir écarlate. J'ai bafouillé quelques syllabes qu'elle a balayées de la main.

— Aucune importance ! a-t-elle affirmé. Black est de toute façon un nom d'une affligeante banalité. J'aime autant Sheïtal.

Je n'avais pas tout compris, mais je n'ai rien osé demander. Je ne voulais surtout pas paraître ignorante !

— Puisque nous parlons de nom, a-t-elle continué, j'aimerais connaître le tien et, comme je suis curieuse, je voudrais aussi savoir qui t'a enseigné à agir ainsi avec les chevaux.

J'ai fait une petite grimace. Je me sentais un peu gênée, mais je ne pouvais qu'être honnête.

— Je m'appelle Tsina, et personne ne m'a rien appris. Avant de rencontrer Sheïtal, je n'avais jamais vu un cheval de ma vie...

J'avais parlé le plus simplement possible et j'ai vraiment été surprise en voyant sa réaction. La vieille dame a sursauté. Ses yeux se sont écarquillés et elle a saisi les accoudoirs de son fauteuil se redressant à moitié.

— Tu plaisantes ? m'a-t-elle demandé d'une voix forte, presque agressive.

Avec la tête, j'ai fait un signe de dénégation. Je ne voyais rien d'exceptionnel à ce que je venais de dire et je me sentais intimidée par la vieille dame. Je n'étais pas loin d'avoir même un peu peur. Elle a dû comprendre que je n'étais pas à l'aise, et elle a souri.

— Eh bien Tsina, a-t-elle repris d'un ton beaucoup plus calme, tu sembles être une fillette particulièrement douée. Que dirais-tu de boire une tasse de chocolat pendant que nous continuerons à discuter ?

Je me suis sentie coincée.

Bouchka me dit toujours d'être polie, surtout avec les personnes âgées, mais je n'avais pas envie de boire un chocolat en papotant. Je voulais filer voir Sheïtal !

— Volontiers, ai-je accepté.

Madame Arnaud a fait pivoter son fauteuil et je l'ai suivie.

Je me suis demandé comment elle allait pouvoir se débrouiller, mais dans la cuisine elle a bloqué ses roues et s'est levée. Elle a fait quelques pas un peu hésitants vers la cuisinière et s'est tournée vers moi.

— Mes jambes ne me portent presque plus, mais j'arrive encore à m'assumer seule. Il est possible que ce ne soit plus pour longtemps, mais nous ne sommes pas là pour parler de ça. Allez, raconte-moi ce qui t'a conduite dans mon jardin.

Elle a versé du lait dans une casserole et j'ai commencé à parler.

*

Quand je suis sortie de la maison, il faisait nuit.

J'ai hésité quelques secondes. Il me fallait presque une demi-heure pour rentrer et j'allais certainement me faire passer un savon.

Tant pis. Je suis partie en courant vers le pré aux chevaux.

Dans l'obscurité, j'ai failli ne pas le voir, et c'est quand il a renâclé que j'ai compris qu'il m'attendait. J'ai sauté la barrière et je l'ai enlacé.

— Désolée, Sheïtal, lui ai-je murmuré. C'est ta patronne qui m'a coincée. Elle a voulu que je lui raconte notre rencontre, et après elle n'a pas arrêté de parler. J'ai cru que j'allais y passer la nuit...

Sheïtal a soufflé doucement, pour que je sache qu'il comprenait.

— Je ne peux pas rester, ai-je continué. Bouchka risque déjà de me couper en morceaux pour mon retard, mais promis, demain je reviens. L'Affreux ne peut plus m'en empêcher maintenant !

Je l'ai embrassé, entre les deux yeux comme d'habitude, et je me suis sauvée.

Je suis passée par le bosquet de chênes tout en réalisant que c'était sans doute la dernière fois que j'escaladais le mur. Les mots de madame Arnaud résonnaient encore dans mon esprit : « Reviens quand tu veux Tsina, tu es la bienvenue. J'espère tout de même que tes visites ne se limiteront pas à Black et que j'en profiterai aussi... »

Je suis partie comme une flèche. J'étais sûre de me faire gronder, mais j'étais follement heureuse...

*

Pour une engueulade, ç'a été une engueulade !

Bouchka était furieuse, et dès que je suis entrée j'ai su que ça allait barder.

Elle ne m'a pas laissée placer un mot et s'est mise à vociférer. Ça ne lui arrive pas souvent, mais, quand ma grand-mère se met en colère, mieux vaut ne pas en être la cible. Elle a crié pendant presque dix minutes, sans sembler prendre le temps de respirer, mélangeant le français et le kazakhe, tout en gesticulant sous mon nez.

J'étais dans mes petits souliers...

Finalement, j'ai essayé une ruse qui fonctionne la plupart du temps, et une nouvelle fois ça a marché.

— Je t'aime.

Ma grand-mère a cessé brusquement de hurler.

— Quoi ?

— Je t'aime.

Malgré tous ses efforts, elle n'a pu s'empêcher de sourire. Elle s'est ensuite reprise et a recommencé à crier, mais le cœur n'y était plus, et je savais qu'il s'agissait juste pour elle de ne pas capituler trop vite.

Là où ça a failli redémarrer, c'est quand je lui ai avoué que j'avais oublié mon sac de classe dans le conteneur à gravats. Bouchka a hésité une seconde, mais comme j'étais déjà en train de lui raconter ma rencontre avec madame Arnaud, elle a laissé tomber.

— J'espère que tu lui as expliqué ce que faisait son fils !

En entendant qu'il m'avait de nouveau battue, ma grand-mère avait serré les poings et juré dans sa langue maternelle. Un horrible gros mot dont je ne connaissais pas le sens. À ce moment précis, je n'aurais pas aimé être l'Affreux et me trouver en face d'elle...

— Je ne crois pas que ce soit son fils et non, je ne lui ai rien dit.

— Quoi ? a bondi Bouchka.

Je me suis sentie un peu gênée.

— Je n'ai pas osé. Je ne voulais pas qu'elle croie que j'étais une pleurnicheuse et, de toute façon, je n'aurais pas su comment commencer.

— Mais, s'est indignée Bouchka, tu lui as au moins parlé de sa manière d'agir avec les chevaux ?

— Ben non...

À vrai dire, j'avais failli le faire, mais au dernier moment je m'étais ravisée. Je ne savais pas ce qu'elle pensait de l'Affreux, elle devait l'apprécier puisqu'elle le fréquentait, et je ne voulais pas, en le critiquant, m'enlever la chance qu'elle m'offrait de voir Sheïtal régulièrement.

J'ai expliqué ça à Bouchka, mais ma grand-mère a secoué la tête, pas convaincue.

— Je crois que tu aurais dû tout lui raconter, m'a-t-elle finalement dit.

Ivan est rentré à ce moment-là.

Je lui ai fait un adorable sourire, un de ceux que je tiens en réserve pour quand je veux lui demander quelque-chose, et je suis allée l'embrasser. Il n'a pas été dupe et a soupiré.

— Oui, Tsina ? De quoi as-tu besoin cette fois ?

D'une petite voix, je lui ai expliqué que j'avais oublié mon sac de classe, et en souriant il a été d'accord pour aller le chercher.

Il a tout de même un peu tiqué quand je lui ai dit où.

— Dans un conteneur à gravats ? Tu n'hésites vraiment devant rien, toi !

Mais comme c'est un chouette frère, il a remis son blouson et il est sorti.

Bouchka n'en avait pas fini avec moi.

— Tsina !

— Oui ?

— Je veux que tu m'écoutes attentivement. Il faut que tu te méfies de cet homme, cet Affreux ! Je sens qu'il est mauvais et madame Arnaud risque de ne pas pouvoir te protéger. Promets-moi de faire très attention !

Je me suis retenue de soupirer et j'ai promis. Ma grand-mère est parfois complètement à côté de la plaque.

C'est du moins ce que j'ai pensé.

Si j'avais su, au contraire, combien elle avait raison, j'aurais été bien moins sereine...

## CHAPITRE 11

Le samedi matin, je n'ai que deux heures de cours et après la classe, je suis partie retrouver Sheïtal.

Bouchka avait été très claire.

— Midi précise ! Si tu as une seconde de retard, tu as droit à la fessée !

J'avais regardé ses mains calleuses et son air absolument sérieux. Je m'étais promis de ne pas courir de risque...

La veille au soir, pendant le repas, j'avais raconté à mes parents une version édulcorée de mes aventures. J'avais jugé inutile de leur parler de l'Affreux, mais je leur avais dit que dans la maison où j'avais trouvé refuge quelques jours plus tôt vivait une gentille vieille dame qui appréciait ma compagnie.

Quand j'en étais arrivée aux chevaux, le regard de papa s'était illuminé. Il m'avait ensevelie sous une avalanche de questions, voulant connaître leur couleur,

leur taille, mais aussi la forme de leurs sabots, l'endroit où était attachée leur queue, et leur manière de marcher...

J'avais essayé de répondre le plus précisément possible, mais j'avais séché quand il m'avait demandé s'ils avaient les jarrets ouverts et si j'avais une idée de leur nombre de vertèbres.

— Des pur-sang arabes ! avait-il fini par trancher. De superbes animaux. Parfois pas trop équilibrés dans leur tête, mais d'excellents coursiers.

Je l'avais senti heureux. Les chevaux étaient une partie importante de son passé et il était ravi que j'aie l'occasion d'en côtoyer. Je n'avais pas mentionné Sheïtal en particulier. « Un Irgouist est une affaire personnelle » m'avait dit Bouchka un peu plus tôt et je voulais en profiter égoïstement.

*

J'ai passé le conteneur à gravats avec une pensée pour Ivan et j'ai continué jusqu'à la petite porte, à côté du portail métallique.

Elle n'était pas fermée à clef comme me l'avait annoncé madame Arnaud. Je l'ai poussée et, avec un petit pincement de cœur, je suis entrée. Bien sûr, j'avais le droit d'être là puisque la propriétaire m'en avait donné l'autorisation mais j'ai croisé les doigts pour ne pas rencontrer l'Affreux.

J'ai jeté un coup d'œil sur le côté droit de la maison. Pas de Golf noire ! J'ai respiré plus librement. J'ai hésité. Fallait-il que j'aille dire bonjour à madame Arnaud avant de gagner le pré aux chevaux ou est-ce que je pouvais y foncer directement ? Finalement, j'ai choisi la seconde solution. La vieille dame ne s'en formaliserait certainement pas, et j'avais trop peur qu'en allant la voir en premier elle ne me retienne et que je n'aie plus de temps à consacrer à Sheïtal.

Il est venu à ma rencontre au grand galop, et en le voyant arriver, j'ai eu le souffle coupé par sa beauté. Il était vraiment merveilleux.

Comment un être vivant pouvait-il être à la fois aussi léger et puissant ? aérien et solide ? Il avait la force d'une locomotive et la grâce d'une ballerine. Une nouvelle fois, je me suis imaginée sur son dos... Le chevaucher reviendrait à vivre ce que j'admirais, à être ce que je voyais. La sensation devait être absolument merveilleuse.

J'ai su que tôt ou tard je craquerais et enfreindrais ma promesse. Personne ne pouvait se mettre entre une Kazakhe et son Irgouist !

Comme s'il avait perçu ma tentation et voulait m'aider à ne pas céder, Sheïtal s'est arrêté à quelques mètres de moi. J'ai franchi la barrière pour le rejoindre et les quelques pas que j'ai dû faire ont suffi pour que je remette les pieds sur terre.

J'avais promis, il fallait tenir !

Nous avons joué un long moment, puis je l'ai brossé. D'abord avec la brosse dure puis avec une autre aux poils plus souples que je venais de trouver sous l'abreuvoir.

L'écurie sentait encore plus mauvais que les jours précédents et je me suis demandé si madame Arnaud serait d'accord pour que je la nettoie. Je savais toutefois que je n'oserais pas le lui proposer puisque c'était certainement le travail de l'Affreux. Vouloir le faire reviendrait à l'accuser de ne pas s'occuper des chevaux !

J'ai caressé Sheïtal.

— C'est dommage que ta patronne ne puisse pas venir jusqu'ici, lui ai-je dit. Elle comprendrait toute seule et, avec un peu de chance, enverrait balader l'Affreux.

La veille, elle m'avait raconté qu'elle souffrait d'une maladie dont j'avais immédiatement oublié le nom. Ses articulations se bloquaient, surtout quand le temps était humide et elle ne pouvait se déplacer qu'en fauteuil roulant. Cela faisait trois mois qu'elle n'était pas sortie de la maison.

Je l'avais sentie malheureuse, surtout de ne plus pouvoir s'approcher de ses chevaux. Il était pourtant hors de question qu'elle s'en sépare. Elle avait besoin de sentir leur présence, même si elle aurait préféré pouvoir s'occuper d'eux. « Si tu savais comme ils me manquent, Tsina » m'avait-elle confié.

Je la comprenais et sa peine m'avait touchée.

— Je vais aller lui dire bonjour, ai-je annoncé à Sheïtal. Je la trouve un peu bizarre avec son maquillage et ses cheveux tout fins, mais c'est une gentille dame. Après, je partirai parce que si j'arrive en retard, Bouchka est capable de me transformer en serpillière à bouloches !

Je ne savais pas ce qu'était une serpillière à bouloches, mais c'était une expression qu'avait utilisée une sorcière dans une pièce de théâtre que j'avais vue à l'école. Ça disait bien ce que ça voulait dire...

J'ai couru jusqu'à la porte de la maison, je ne me rappelais plus la dernière fois que je m'étais contentée de marcher, et j'ai frappé.

Madame Arnaud était comme Sheïtal. Elle m'attendait.

C'est elle qui m'a ouvert et en me voyant, un grand sourire a éclairé son visage.

— Tsina ! Entre. Je t'ai préparé un chocolat chaud.

Je l'ai remerciée et avant qu'il ne soit trop tard, je l'ai avertie que je ne pouvais pas rester longtemps si je ne voulais pas me faire gronder.

— Je comprends, m'a-t-elle dit. Je comprends. Allez, viens, ça va refroidir.

Je l'ai suivie en réprimant une grimace.

Pour le chocolat, c'était foutu ! Elle était persuadée de me faire plaisir et c'était trop tard pour lui avouer que je détestais ça. Il allait falloir que je m'habitue à en boire...

*

— L'Affreux n'est pas son fils !

J'étais assise dans la cuisine pendant que Bouchka finissait de préparer le repas de midi.

Quelques minutes plus tôt, elle m'avait regardée entrer d'un œil.

L'autre était fixé sur sa montre !

Elle avait approuvé ma ponctualité et avait préparé une des délicieuses infusions dont elle a le secret.

— Qui est-ce alors ?

— Son neveu. Il habite en dehors de la ville, dans une petite maison isolée. C'est la seule famille qui lui reste.

— Tu lui as dit ce que tu sais de lui ?

— Non, je n'y arrive pas. Il est censé s'occuper du parc et des chevaux mais elle commence à le soupçonner de s'intéresser davantage à son héritage qu'à son travail, et malheureusement je crois qu'elle a raison de se méfier.

— Ça, sûrement.

Rapidement, j'ai fait part à Bouchka de la conversation téléphonique que j'avais surprise, et l'enquête que j'avais menée sur le COS.

— Il doit vouloir récupérer le parc, ai-je conclu. Et la maison avec.

Ma grand-mère a soupiré.

— Tout ça me dépasse, mais je suis persuadée d'une chose, tu devrais tout raconter à cette dame.

J'ai écarté les bras en signe d'impuissance et j'ai fini mon infusion.

— Je vais essayer, ai-je finalement décidé, mais je ne suis pas sûre d'y parvenir. Je ne la connais presque pas, tu sais. Ce n'est pas facile d'annoncer à une inconnue que son neveu est un escroc. Je n'ai même pas réussi à lui avouer que j'ai horreur du chocolat chaud, tu vois un peu...

Bouchka m'a regardée par en dessous.

— Tu n'as pas peur qu'il s'en prenne aux chevaux ?

*

Ça, c'était un coup vache !

## CHAPITRE 12

Tout au long du week-end, j'ai passé beaucoup de temps avec Sheïtal et pas mal aussi avec madame Arnaud.

Au fil des heures, je me suis sentie si proche de mon compagnon que si je m'étais mise à hennir et à courir à quatre pattes, je n'aurais pas été plus surprise que ça. Nous avons joué, couru et je l'ai frotté, brossé, câliné.

Nous avons parlé aussi. Enfin, surtout moi... Lui, a beaucoup écouté...

Je lui ai tout raconté de ma famille, de mes envies, de mes peurs, de mes joies. À lui, tout, mais à la vieille dame, rien !

J'ai pourtant essayé.

Chaque fois, les mots se sont coincés dans ma gorge, juste avant d'être libérés. Je n'étais pas la seule responsable de ce blocage. Je crois, en fait, que madame Arnaud savait bien que quelque chose ne tournait pas rond avec son neveu, mais qu'elle ne souhaitait pas en apprendre davantage. Elle a habilement esquivé chacune de mes tentatives.

J'aurais sans doute dû insister, cela aurait évité pas mal de problèmes...

Le dimanche soir, en repartant, alors que je descendais les marches du perron, le grand portail s'est ouvert et la Golf noire est apparue.

Mon cœur a raté un battement et mes jambes se sont mises à vaciller.

J'ai eu soudain très envie d'aller me réfugier auprès de madame Arnaud, mais je ne pouvais tout de même pas faire demi-tour. J'ai pris une profonde inspiration et je me suis obligée à avancer.

L'Affreux roulait lentement et nous nous sommes croisés dans l'allée.

J'ai espéré de toutes mes forces qu'il se contente de m'ignorer, mais la voiture s'est arrêtée à ma hauteur et, dans un chuintement électrique, la vitre du côté conducteur s'est abaissée. L'Affreux a braqué sur moi ses yeux délavés et, malgré moi, je me suis mise à trembler.

— T'as peur, la Chinetoque ? a-t-il craché. Tu as bien raison et, crois-moi, c'est pas fini... Tu vas regretter d'être venue fourrer ton nez par ici !

Pendant une seconde je n'ai été qu'une boule de terreur. Celle qui nous fait courir sans savoir où on va, sans réfléchir, avec l'unique volonté de partir le plus loin possible.

Puis, tout à coup, je n'ai plus rien ressenti. Ce n'était pas la première fois que ça m'arrivait. Plusieurs fois déjà, une surcharge d'émotions avait mis à nu ce que je suis vraiment. Mon noyau dur. Celui qui sait ce qui est réellement important.

Bizarrement, j'ai repensé à Bouchka et à ma manière de détourner sa colère. Les mots sont sortis tout seuls.

— Vous devriez mettre moins de gel.

L'Affreux a sursauté, sa contenance s'est effritée.

— Quoi ? Qu'est-ce que tu dis ?

Il a fait un effort pour retrouver son air menaçant, ses yeux se sont remis à fulgurer, mais c'était trop tard. Il avait montré qu'il était surpris, gêné, déstabilisé.

J'avais gagné.

— Vous devriez mettre moins de gel.

Aucune intonation particulière.

Pas de sens caché.

Ni insolence ni grossièreté.

Une phrase simple.

Banale.

L'Affreux a ouvert la bouche, mais ses mots n'ont rien trouvé sur quoi rebondir.

— Sale morveuse, a-t-il lâché.

Mais c'était sans conviction.

J'ai poursuivi mon chemin en ayant conscience de la tension de chacun de mes muscles, prêts à exploser dans une fuite éperdue. J'ai passé la porte et je l'ai doucement refermée derrière moi. Je me suis ensuite adossée au mur. Mon cœur s'est remis à battre à toute allure, mes jambes à trembler. J'ai presque eu envie de pleurer...

Il m'a fallu un bon moment pour récupérer.

Une fois apaisée, je suis repartie vers la maison. J'étais soucieuse. D'accord, de manière inespérée, j'avais gagné cette première manche contre l'Affreux, mais je savais qu'il y en aurait d'autres et que je ne pourrais pas toutes les emporter.

Il fallait que j'en parle à Bouchka.

*

C'est papa qui m'a accueillie.

Le dimanche est son seul jour de repos et d'habitude, on le passe tous ensemble. J'avais hésité à quitter la maison, même si je mourais d'envie de retrouver Sheïtal, mais c'est lui qui, après le repas de midi, avait insisté. « Va voir ton cheval ! » m'avait-il dit.

Mon cheval... Quel rêve !

Quand je suis entrée, papa s'est levé pour venir à ma rencontre, et ça, ça m'a sacrément surprise. D'habitude, le dimanche il dort beaucoup, pour rattraper tout le sommeil qu'il a en retard et quand il ne dort pas, il se repose sur le canapé et ne fait pas grand-chose. Ça ne signifie pas qu'il n'est pas avec nous ou qu'il se moque du reste de la famille. Non, on trouve toujours le temps de parler et de rigoler et, c'est vraiment très chouette quand il est là. Mais il est fatigué et il a rarement envie de bouger.

C'est pour ça qu'en le voyant arriver vers moi j'ai été vraiment étonnée. Il m'a fait un grand sourire et m'a embrassée, ses moustaches venant me chatouiller le creux de l'oreille.

— Alors, m'a-t-il fait, cet étalon ? Tu me racontes ?

C'était donc ça ! Tel que je le connaissais, il avait passé l'après-midi entier à penser à sa fille et au cheval et peut-être pas dans cet ordre... J'ai failli me vexer mais je me suis imaginée à sa place. Dix-sept ans sans voir Sheïtal... Plus qu'un cauchemar. Un enfer !

Je l'ai donc suivi dans la salle à manger en me lançant dans le récit de ce que je venais de vivre, tout en faisant soigneusement l'impasse sur mes démêlés avec l'Affreux. Nous nous sommes assis et j'ai continué. Il m'a interrompue plusieurs fois pour me poser des questions, toujours très techniques auxquelles j'ai chaque fois répondu de mon mieux. Finalement, il a paru satisfait et a passé sa main dans mes cheveux.

— Tu as de la chance, tu sais ? a-t-il simplement dit.

Je n'ai rien répondu. Je savais.

*

J'ai dû attendre que Bouchka se couche pour pouvoir discuter un peu tranquillement avec elle.

Comme elle se doutait que je voulais lui parler, elle n'a pas traîné. Elle a éteint la lumière et s'est glissée dans son lit.

C'est elle qui a commencé.

— Tu n'as pas tout raconté, pas vrai ?

J'ai laissé passer quelques secondes puis je me suis décidée.

— Ce soir, j'ai croisé l'Affreux...

— Et ?

— J'ai peur, Bouchka. Je crois qu'il est fou ou alors vraiment méchant. Je ne sais pas quel plan il est en train de monter, mais je suis sûre que si ça foire, il pensera que c'est à cause de moi.

J'ai continué à parler, et ma grand-mère m'a écoutée sans rien dire.

Finalement, les mots ont noyé mon inquiétude et j'ai pu repenser à Sheïtal sans que le visage de l'Affreux ne vienne s'intercaler entre nous.

Je me suis tue et le silence qui s'est installé dans la chambre m'a fait fermer les yeux.

Juste au moment où j'allais m'endormir, j'ai entendu Bouchka me murmurer une parole réconfortante :

— Ça va aller, Tsina, ça va aller... Je te promets que nous allons trouver une solution.

# CHAPITRE 13

Lundi, 17 heures.

Cela faisait une semaine que j'avais rencontré Sheïtal, mais j'avais l'impression qu'il avait toujours fait partie de ma vie.

Non ! Je savais qu'il avait toujours fait partie de ma vie !

J'ai quitté le collège au galop et j'ai souri en pensant que si j'utilisais le mot galoper à la place de courir, je n'allais tarder à me transformer définitivement en cheval. La tête de Bouchka lorsqu'elle me verrait arriver sur mes quatre sabots, en secouant ma crinière...

Le quartier ne m'était plus du tout inconnu et il m'a semblé que cela faisait une éternité que Kévin et sa bande m'avaient poursuivie dans ces rues.

Je me suis retrouvée devant le conteneur à gravats et je l'ai contemplé quelques secondes. Heureusement qu'il s'était trouvé là ! Sans lui, pas de

Sheïtal et une bonne rouste lorsque les trois voyous auraient fini par me rattraper. Pas d'Affreux non plus, c'est sûr, mais même s'il me faisait peur, j'aurais été prête à endurer mille fois pire pour Sheïtal. Il n'allait pas rester sur le trottoir encore bien longtemps, car il était pratiquement plein. J'ai examiné ses flancs rouillés et, sans savoir pourquoi, je l'ai escaladé.

Le faîte du mur était à ma portée. Autant en profiter. J'ai rapidement enfoui mon sac de classe sous les gravats et j'ai sauté.

J'ai eu un nouveau pincement de cœur en pensant à ma première chute et au piège que m'avait tendu l'Affreux quelques jours plus tôt. Mais c'était de l'histoire ancienne, et je me suis laissée glisser avec précaution dans le parc.

J'ai failli aller directement voir Sheïtal, mais je me suis retenue. Cela n'aurait pas été très gentil pour madame Arnaud. J'étais chez elle après tout !

J'ai donc gagné l'allée et je suis allée frapper à la porte.

— Entre, Tsina !

La vieille dame ne se donnait même plus la peine de vérifier que c'était bien moi. Elle m'avait expliqué la veille que j'étais, avec l'Affreux, la seule personne à encore lui rendre visite. Elle ne s'était pas plainte, mais du haut de mes douze ans, j'avais perçu sa solitude et cela m'avait touchée.

J'ai poussé la porte et je me suis retrouvée dans le grand hall.

— Je suis dans la cuisine...

J'ai réprimé une grimace. Encore un chocolat chaud en perspective !

Je l'ai rejointe et j'ai humé l'air, surprise. Un parfum familier, mais que je n'arrivais pas à identifier, flottait dans la pièce. Madame Arnaud était debout près de sa cuisinière. Elle s'est tournée vers moi avec un large sourire qui a fait ressortir toutes les rides de son visage.

— Bonjour Tsina.

— Bonjour madame, ai-je répondu en me demandant ce que pouvaient bien cacher cet air réjoui et cet arôme mystérieux.

La vieille dame était en train de remuer le contenu d'une casserole et deux bols attendaient sur la table. Elle a émis un petit gloussement et n'a plus pu se retenir.

— Alors Tsina ? a-t-elle commencé. Tu n'aimes pas mon chocolat chaud ?

Pendant une seconde, je me suis affolée. J'étais perdue et affreusement confuse.

— Ben... mais... euh..., ai-je balbutié.

Puis j'ai reconnu l'odeur et j'ai tout compris.

— Bouchka ! ai-je crié. Vous avez vu ma grand-mère !

Madame Arnaud a éclaté de rire.

— Bonne pioche ! s'est-elle exclamée. Nous avons passé une bonne partie de l'après-midi à papoter toutes les deux et elle m'a avoué que tu détestais le chocolat. Tu aurais pu me le dire, tu ne crois pas ?

— C'est que...

— Aucune importance ! m'a-t-elle coupée. Ta grand-mère est une femme charmante et j'ai beaucoup apprécié sa compagnie. Elle m'a apporté cette délicieuse infusion que je suis en train de nous préparer.

J'ai humé l'air. Comment avais-je pu ne pas reconnaître immédiatement ce parfum si particulier ?

Madame Arnaud a versé la tisane dans les bols et nous nous sommes assises. Entre-temps, elle avait perdu son sourire et avait l'air préoccupée.

— Nous n'avons pas parlé que de cuisine, a-t-elle repris.

Quelques secondes se sont écoulées avant qu'elle reprenne :

— Ainsi, tu as des problèmes avec Philippe ?

— Euh...

— Tu peux tout me raconter, m'a-t-elle rassurée. Ta grand-mère m'a déjà dit l'essentiel. Elle se fait beaucoup de soucis pour toi, tu sais ? Et puis, honnêtement, je me doutais déjà de pas mal de choses. N'aie pas de crainte pour moi !

Cette dernière phrase a fait sauter la digue. J'ai fermé les yeux et, pendant un court instant, j'ai retenu ma respiration, puis je me suis lancée.

Les premiers mots ont entraîné les autres et je lui ai tout révélé. Les coups, les menaces, la violence sur Sheïtal et le manque total de soin pour les chevaux. Même la conversation téléphonique que j'avais surprise et mon enquête sur le COS.

Cela a duré un bon moment et elle m'a écoutée sans proférer un seul mot.

Quand j'ai eu fini, elle a serré les dents, et donné un coup de poing sur la table qui a fait trembler les bols.

— Le bougre de salaud ! a-t-elle juré.

J'ai sursauté. L'injure, dans sa bouche d'ordinaire si distinguée, avait été encore plus percutante. J'ai compris qu'elle était vraiment en colère.

— Ainsi, c'est ça ? a-t-elle sifflé d'un air hargneux. Ce voyou pense que, puisque je suis vieille et handicapée, je suis obligatoirement sénile. Il ne veut pas se contenter d'attendre ma mort, mais cherche, de mon vivant, à m'escroquer, comme si je n'avais pas été généreuse avec lui. Je comprends, maintenant, pourquoi il tient tant à me convaincre de signer des actes de donation et des autorisations. Il veut se débarrasser de mes chevaux, de moi aussi peut-être, et construire un lotissement dans ce parc...

J'étais sidérée. La vieille dame que j'avais connue jusque là, si convenable s'était transformée en une redoutable grand-mère prête à se battre.

Elle a vu que je ne la reconnaissais pas et a réussi à se calmer. Elle m'a même adressé un sourire, certes tendu, mais gentil tout de même.

— Je te remercie Tsina, m'a-t-elle dit. Je savais que Philippe n'était pas franchement honnête, mais je ne pensais pas que c'était à ce point. Dire que pendant des mois il m'a fait croire qu'il adorait les chevaux et s'occupait parfaitement d'eux. Il mériterait que je...

Ça y est, elle recommençait.

Elle s'est pourtant arrêtée au milieu de sa phrase et a regardé sa montre.

— Le temps passe, Tsina. Cours vite si tu veux jouer un peu avec Black.

J'ai hésité. Il me semblait qu'après avoir tout dit je ne pouvais pas la laisser comme ça. Elle a compris mon expression et a fait un signe de la main.

— File, je t'ai dit, et ne te fais pas de souci pour moi. Je suis parfaitement capable de régler cette histoire toute seule.

J'ai haussé les épaules. C'était à elle de voir après tout.

— Et ça ne va pas traîner ! a-t-elle ajouté.

Je n'avais plus le choix. Je suis sortie et j'ai foncé jusqu'au pré aux chevaux.

Sheïtal était là, près de la barrière. J'ai enfoui ma figure dans sa crinière.

— Ça va barder, lui ai-je confié. Je ne sais pas comment ça va finir, mais c'est sûr que ça va barder…

Ma conversation avec madame Arnaud avait duré plus longtemps que ce que j'avais cru. Le soleil avait déjà disparu et la nuit n'était pas loin.

— Il faut que j'y aille, ai-je dit à Sheïtal. Ne sois pas inquiet, je suis certaine que ta patronne va régler le problème en beauté !

J'avais dit ça pour moi, évidemment, et mon compagnon n'a pas paru vraiment concerné…

Je l'ai embrassé une dernière fois et je suis partie. J'étais en retard, une fois de plus, et j'ai décidé de passer par le bosquet de chênes. Les quelques précieuses minutes que je gagnerais ainsi feraient peut-être une grosse différence pour Bouchka.

J'ai sauté le mur et je me suis élancée.

J'ai foncé comme si ma vie en dépendait, ce que je n'étais pas loin de croire, slalomant entre les poubelles ou bondissant carrément par dessus. J'étais à la moitié du chemin, lorsque je me suis arrêtée brutalement. En gémissant, je me suis frappé le front.

Mon sac ! J'avais encore oublié mon sac !

Prendre une décision a été sacrément difficile. J'avais deux possibilités et dans les deux cas je savais que ma grand-mère allait me passer un savon. Et pas un petit !

Autant valait-il récupérer mes affaires. J'ai fait demi-tour et je suis repartie en courant. C'est fou comme lorsqu'on est en retard les trajets sont interminables. J'ai eu l'impression de mettre une heure pour retourner au conteneur à gravats. Lorsque je l'ai enfin atteint, j'ai farfouillé dans les briques, affolée tout à coup à l'idée que mon sac puisse avoir disparu.

Heureusement, il était là. Sale mais là.

Je l'ai passé en bandoulière et, alors que je m'apprêtais à repartir, j'ai entendu un hennissement. Se pouvait-il que de là où il était Sheïtal ait senti ma présence ?

Je n'étais plus à deux minutes près. Il faisait presque nuit et, le temps que je rentre à la maison, ce serait le noir complet. Je me suis hissée sur le mur essayant de percer l'obscurité qui s'épaississait de seconde en seconde. Rien à faire, trop de zones sombres, trop d'arbres.

Je me préparais à redescendre, lorsque la porte de la maison s'est ouverte. Je n'avais jamais remarqué qu'on la voyait si bien de là où j'étais, mais le flot de lumière qui passait par l'ouverture ne pouvait qu'attirer le regard.

Des éclats de voix ont retenti et l'écho d'un cri est venu jusqu'à moi. Inquiète, je me suis penchée en avant et soudain, j'ai vu sortir un homme. J'ai sursauté, manquant tomber du haut du mur.

C'était l'Affreux, et il tirait derrière lui, sans aucun ménagement, une madame Arnaud qui se débattait faiblement. J'ai nettement entendu la vieille dame protester mais j'ai surtout perçu dans sa voix une peur qui m'était familière. Il la bousculait comme il l'avait fait avec moi, sans se préoccuper de son âge et de sa maladie. J'ai perçu un cri de douleur. Madame Arnaud venait certainement de se faire mal.

Sans réfléchir, j'ai sauté dans le parc et j'ai foncé dans leur direction.

Je ne sais pas ce qui se serait passé si j'étais arrivée à temps, mais la question ne s'est pas posée. Dans l'obscurité, j'ai trébuché et je me suis retrouvée à plat ventre, le nez douloureusement planté dans la terre.

Le temps de me relever, et la portière de la Golf noire claquait.

J'ai couru, tout en sachant qu'il était trop tard, et que même moi, je ne serais pas assez rapide. J'ai dérapé sur le gravier de l'allée au moment où la voiture s'engageait dans la rue.

L'Affreux venait d'enlever madame Arnaud !

## Chapitre 14

Je suis restée une seconde immobile, une foule de pensées s'entrechoquant dans mon esprit. Il fallait faire quelque chose, je le savais, mais j'étais complètement pétrifiée, incapable de prendre la moindre décision.

La pression dans ma tête s'est faite douloureuse. Madame Arnaud était en danger, je ne pouvais pas demeurer là à regarder le portail se refermer, je devais agir !

— SHEÏTAL !

J'avais hurlé et mon cri a résonné dans la nuit. Pendant un instant il n'y a rien eu, et j'ai failli douter. Puis j'ai perçu le bruit d'une lourde masse retombant au sol après avoir sauté la barrière.

Un galop. Sheïtal était là. La suite a été instinctive.

— Il a enlevé...

— Tais-toi ! m'ont dit ses yeux. Agis !

J'ai empoigné sa crinière et j'ai bondi.

Je me suis retrouvée sur son dos sans savoir comment j'avais fait et je me suis plaquée contre son encolure. Le portail était presque refermé.

Impossible de passer !

Impossible de passer ?

Je n'avais pas idée de l'incroyable puissance que pouvait développer Sheïtal. Il s'est propulsé en avant, et sous moi, une fusée est partie. Nous avons frôlé les battants du portail, mais nous sommes passés. Personne d'autre n'aurait pu réussir.

Dans la rue, Sheïtal a dû freiner pour ne pas percuter le mur d'en face.

Ses fers ont dérapé sur le bitume et, pendant une seconde, j'ai cru qu'il allait perdre l'équilibre. Son vaste poitrail a ployé, et soudain j'ai compris qu'il veillait seulement à ce que je ne tombe pas.

— C'est bon ! lui ai-je dit à l'oreille. Je me tiens bien. Tu peux foncer !

J'ignorais totalement comment le guider, je n'avais ni rênes ni selle, et en plus je n'avais qu'une vague idée de la direction qu'avait prise la Golf. Aucune importance. Notre relation était bien au-delà de ça.

Il était mon Irgouist. Nous n'étions qu'un et il savait tout ce que je pensais.

Je me suis couchée sur son cou, me fondant complètement avec lui, et il a bondi en avant. J'ai eu un hoquet de surprise absolue. Une telle force, une telle rapidité !

J'avais l'impression de chevaucher la vie...

Sheïtal a rapidement atteint une vitesse incroyable et il a encore accéléré.

Il faisait quasiment nuit, et les rues étaient désertes. Ses sabots faisaient un bruit de tonnerre mais je n'ai vu personne se mettre aux fenêtres. Qui, d'ailleurs, aurait pu croire à un tel spectacle ?

Nous sommes arrivés à l'intersection que j'avais découverte quelques jours plus tôt et je me suis légèrement redressée. Sheïtal a compris et il a ralenti avant de s'arrêter au milieu du carrefour.

Tout droit, rien, mais à gauche j'ai discerné les feux arrière d'une voiture.

— C'est lui, ai-je crié. Il habite en dehors de la ville, je le sais.

Mais Sheïtal était déjà reparti.

Une fois de plus son accélération m'a coupé le souffle.

La route se déroulait devant nous, à peine sinueuse, se découpant en clair dans l'obscurité maintenant complète. Sheïtal a libéré toute sa puissance et nous nous sommes envolés. C'était incroyable. J'étais sur le dos d'un ouragan !

Malgré cette explosion de force animale, je me sentais parfaitement en sécurité. Mon corps épousait chacun de ses mouvements, et je savais que jamais il ne me laisserait tomber, que j'aurais même pu lâcher sa crinière sans courir le moindre risque.

Je ne crois pas qu'un cheval puisse aller aussi vite qu'une voiture, bien qu'avec Sheïtal je n'en sois pas certaine, mais l'Affreux ignorait qu'il était poursuivi. Peu à peu nous avons gagné du terrain.

Nous étions rapidement sortis de la ville et la campagne, du moins ce que j'en discernais, se révélait au fil de notre course. Sheïtal ne donnait pas le moindre signe d'essoufflement. Les muscles de ses épaules et de son dos roulaient, infatigables. J'étais tendue comme un arc et en même temps parfaitement sereine. J'étais inquiète, mais follement heureuse.

Par trois fois, nous avons croisé des voitures, et jamais Sheïtal n'a bronché ou ralenti. Les conducteurs, eux, ont fait un écart, mais je doute qu'ils aient cru à ce qu'ils venaient d'entrapercevoir.

La poursuite a duré presque une demi-heure, puis, alors que nous allions la rattraper, la voiture a ralenti. Elle s'est engagée sur un chemin qui s'ouvrait à droite de la route. Lorsque, à notre tour, nous l'avons emprunté, la Golf noire n'était qu'à une vingtaine de mètres devant nous. J'ai craint un instant que l'Affreux ne nous repère, puis j'ai réalisé que dans la nuit la robe noire de Sheïtal était invisible et que le bruit de ses sabots était couvert par celui du moteur de la voiture.

L'Affreux a encore tourné à droite et, après être passé près d'un château d'eau, il s'est finalement arrêté. Sheïtal s'est figé sans que j'aie besoin de le lui demander.

Les phares de la Golf éclairaient une petite maison à la façade ocre, isolée au milieu des champs. Le moteur de sa voiture tournant toujours, l'Affreux est descendu.

Il s'est avancé jusqu'à la porte d'entrée qu'il a ouverte. Il a disparu quelques secondes à l'intérieur et soudain un projecteur placé près d'une fenêtre a éclairé toute la scène. L'Affreux est ressorti et s'est approché du côté passager de la Golf.

Je me suis laissée glisser au sol.

— Surtout, pas de bruit, ai-je murmuré à Sheïtal.

Il n'a pas bougé, on l'aurait cru changé en pierre.

Un peu plus loin, l'Affreux était en train de tirer madame Arnaud hors de la voiture.

La vieille dame ne se laissait pas faire.

Je l'ai entendue crier et vue lui donner des coups de pied, hélas bien trop faibles pour être d'une quelconque efficacité. Il a fini par s'énerver. Il a enlevé son long manteau qui le gênait et l'a jeté au sol. Il a ensuite attrapé madame Arnaud et l'a arrachée de la voiture, pendant qu'elle gesticulait.

Je m'étais rapprochée le plus silencieusement possible et, lorsque la gifle est partie, je n'étais plus qu'à quelques mètres d'eux. Pendant un moment, madame Arnaud n'a plus fait le moindre geste, puis doucement, elle a approché une main de sa joue meurtrie et j'ai vu ses yeux s'embuer de larmes.

Quand l'Affreux l'a entraînée vers la maison, elle n'a plus opposé la moindre résistance.

Dans mes veines, mon sang bouillonnait. Je crois qu'à cet instant précis j'aurais été capable de le tuer.

Tirant sa tante derrière lui, l'Affreux est entré dans la petite villa.

Il fallait que j'agisse vite.

Tentant le tout pour le tout, je suis entrée dans la lumière du projecteur et j'ai saisi le manteau qui gisait au sol. J'ai trouvé le téléphone portable dans la poche intérieure. En croisant les doigts pour que ça marche, j'ai composé le 17.

Aucun son ne provenait de la maison, mais dans la nuit, pas très loin de moi, j'ai entendu Sheïtal renâcler doucement. Sa présence invisible m'a rassurée et m'a donné le courage d'attendre.

On a décroché à la quatrième sonnerie.

— Commissariat de police, j'écoute.

En faisant le plus vite possible, j'ai tout raconté.

Tout en parlant, je n'ai pas pu m'empêcher de penser que jamais le policier au téléphone n'allait me croire. Il allait conclure que c'était une plaisanterie, m'envoyer promener ou tout simplement raccrocher. C'était inévitable.

Mais ma voix devait contenir des accents de sincérité et de peur, impossibles à contrefaire. Au bout de quelques secondes, l'homme m'a interrompue.

— Stop, j'ai compris ! Est-ce que tu peux préciser où tu te trouves ?

J'ai eu un moment de panique, puis j'ai repensé au château d'eau. Je l'ai immédiatement dit au policier qui a tout de suite réagi.

— C'est bon, je sais où c'est. Ne reste pas là maintenant. Mets-toi à l'abri, nous arrivons.

— D'accord.

J'ai raccroché et j'ai laissé tomber le téléphone. J'ai voulu ensuite regagner l'obscurité, mais c'était trop tard.

J'aurais dû songer à me dissimuler avant d'appeler.

L'affreux est sorti en trombe de la maison et il a été sur moi avant que je puisse esquisser le moindre geste. Il m'a saisi au collet et j'ai bien cru qu'il allait m'étrangler. Ses yeux brillaient d'une lueur meurtrière et j'ai compris qu'il était complètement fou. Quelque chose devait avoir cédé en lui, il ne savait plus ce qu'il faisait.

— Tu n'aurais jamais dû te mêler de ça, a-t-il craché. Tu vas payer cher, très cher.

Il a levé un poing énorme et j'ai serré les dents en attendant l'impact, mais juste avant de frapper il s'est ravisé.

— Non, ce sera un accident. Une fillette renversée la nuit par un véhicule inconnu qui a pris la fuite !

Je me suis sentie soulevée, et soudain il m'a projetée à terre avec toute la violence dont il était capable.

Le choc a été atroce.

J'ai eu l'impression que tous mes os se brisaient, et devant mes yeux ont zigzagués des dizaines d'éclairs douloureux. Pendant quelques secondes, je suis restée étendue, incapable de bouger, puis j'ai remué la tête.

Je me suis péniblement redressée sur un bras au moment où le moteur de la Golf rugissait. Les pneus ont hurlé, faisant jaillir des gerbes de graviers, et la voiture a foncé sur moi. J'étais incapable du moindre mouvement. Éblouie par la lueur des phares, le corps meurtri, j'ai juste poussé un cri rauque.

La Golf était à moins de deux mètres lorsque Sheïtal a surgi de la nuit. Il s'est dressé au-dessus de moi, debout sur ses pattes arrière, gigantesque.

Il s'est tenu une fraction de seconde en équilibre, cabré comme un animal légendaire, puis il est retombé de toute sa masse, dans un fracas colossal, sur l'avant de la voiture.

Un étalon comme Sheïtal ne pèse pas loin d'une tonne et il avait mis tout son poids et toute sa force dans son attaque. La Golf a piqué du nez, son moteur a émis un hurlement suraigu et a calé brutalement. Elle s'est arrêtée à quelques centimètres de moi.

Sheïtal était déchaîné.

Il a poussé un hennissement sauvage et s'est de nouveau cabré. Au deuxième impact de ses sabots, le capot de la voiture a volé en éclats et les deux pneus avant ont éclaté. Il a ensuite reculé un peu, comme pour contempler le spectacle, son large poitrail se dressant et s'abaissant avec force.

L'Affreux en a profité pour jaillir de son auto. Il tenait à la main le bâton avec lequel il avait déjà battu Sheïtal, et je n'ai pu m'empêcher de pousser un cri de terreur.

Brusquement, la scène a semblé se figer.

Il était là, à quelques mètres de moi, l'air hagard, le regard meurtrier, sans faire le moindre geste. Seuls les muscles de ses mâchoires se contractaient spasmodiquement tandis qu'un tic nerveux agitait sa paupière gauche.

Lentement, je me suis mise debout. J'ai frissonné.

Ce dément venait de tenter de me tuer, et je savais que s'il le pouvait, il n'hésiterait pas à recommencer. Jusqu'à ce qu'il réussisse !

Mais il ne pouvait pas !

Sheïtal était là !

Entre l'Affreux et moi, sa masse formait une barrière qu'aucun danger ne pouvait franchir. J'étais aussi en sécurité que si je m'étais trouvée au fond de mon lit, la maison verrouillée à triple tour.

Pendant d'interminables minutes, l'homme et le cheval se sont regardés, parfaitement immobiles. Le silence n'était brisé que par de légers craquements provenant du moteur de la Golf détruite et par le bruit de nos respirations.

Puis soudain, l'Affreux a jeté un cri :

— Dégage, sale bête ! Dégage !

Sheïtal n'a pas bronché. Pas frémi.

L'Affreux a alors fait un grand geste menaçant avec son bâton, et l'arme a sifflé, redoutable.

— Tire-toi du milieu, canasson de malheur ! a-t-il vociféré.

Un autre cheval aurait été effrayé. Pas Sheïtal !

Il a simplement poussé un petit hennissement menaçant, et son sabot avant gauche a commencé à gratter le sol meuble devant lui.

L'Affreux a subitement perdu toute contenance. Ses épaules se sont affaissées.

Je me suis avancée jusqu'à pouvoir poser la main sur l'épaule de mon cheval.

— Il ne vous laissera jamais me faire du mal, ai-je murmuré.

Le neveu de madame Arnaud a reporté vers moi ses yeux bleu pâle. Je m'attendais à y lire la haine et le meurtre, je n'y ai trouvé qu'une folie un peu fatiguée.

— Sale bête, a-t-il dit sans conviction.

Il a ensuite fait deux pas en arrière, puis deux autres, avant de se détourner et de s'éloigner dans la nuit, en direction de la route. J'ai expiré longuement et j'ai attendu d'être sûre qu'il soit bien parti.

Qu'il ne revienne pas.

Puis j'ai enfoui mon visage dans la crinière de Sheïtal.

J'ai pleuré, et chacune de mes larmes était un gage d'amour que je lui offrais.

# Chapitre 15

J'ai retrouvé madame Arnaud dans la maison. La vieille dame était enfermée dans une chambre, mais à part une ecchymose sur la joue et une douleur à la cheville elle allait bien. Elle a attendu d'être à l'extérieur pour me serrer contre son cœur.

— Tsina, a-t-elle murmuré, ma petite Tsina...

J'ai souri.

J'avais mal partout, mais, comme dit Bouchka, c'était bon signe.

Lorsqu'elle m'a enfin lâchée, madame Arnaud s'est tournée vers Sheïtal.

— Merci Black, a-t-elle dit en le caressant. Merci du fond du cœur.

Je lui avais tout raconté, dans les moindres détails, et nous avons attendu l'arrivée de la police. J'avais bien sûr pensé à de nouveau téléphoner, mais le portable est resté introuvable. Pour ce que j'en savais, il pouvait tout aussi bien être sous la Golf qu'enterré par un des sabots de Sheïtal...

Quand, finalement, la première voiture bleue s'est arrêtée devant la maison, rapidement suivie d'une seconde, j'ai senti une chape d'angoisse s'envoler de mes épaules.

Tout allait bientôt finir !

Trois policiers se sont approchés de nous.

— C'est bien vous qui nous avez téléphoné ? a demandé l'un d'eux.

Madame Arnaud a pris les choses en main et je lui en ai été infiniment reconnaissante. Je ne me sentais pas capable de tout expliquer depuis le début.

Pendant que la vieille dame parlait, je me suis un peu éloignée pour rassurer Sheïtal. Il ne disait rien, mais je sentais qu'il n'aimait pas qu'il y ait trop de monde autour de lui. Au bout de quelques minutes, un des hommes en uniforme s'est avancé. Il a regardé Sheïtal puis la Golf détruite.

— Et c'est ton cheval qui a fait ça ?

Un peu gênée, je me suis tournée vers madame Arnaud. La vieille dame a souri.

— Oui, n'en doutez pas, c'est bien son cheval qui a fait ça. Vous seriez étonné de savoir ce qu'un animal aussi intelligent que Sheïtal peut faire pour sauver sa jeune maîtresse.

Elle avait retrouvé son allure de grand-mère distinguée et le policier a visiblement été charmé par son ton. Moi, ce qui m'a percutée, ce sont ses paroles : « son cheval », « sa jeune maîtresse ». Je n'ai rien osé dire, mais une onde de joie a traversé mon corps me faisant un peu oublier mes douleurs.

*

La police avait cueilli l'Affreux sur la route, alors qu'elle venait à notre secours. Il n'avait pas essayé de s'enfuir et s'était rendu, presque soulagé. Il était là, à l'arrière du second véhicule, mais ni madame Arnaud ni moi n'avons souhaité nous approcher. Il était immobile, l'air absent, et quand la voiture s'est éloignée, le soustrayant définitivement à notre vue, il n'a pas fait mine de nous jeter le moindre regard. J'ai compris que je n'entendrais plus jamais parler de lui...

Le premier problème s'est posé quand il a fallu rentrer.

L'inspecteur qui était resté avec deux de ses hommes a dit qu'il allait nous ramener.

— Non.

Toutes les têtes se sont tournées vers moi. Je n'ai pas bronché.

— Je ne quitte pas Sheïtal.

— Mais, a commencé le policier, nous ne sommes pas équipés pour le transporter. Il peut sans aucun doute passer la nuit ici. Nous avons prévenu tes parents, Tsina, ils t'attendent chez madame Arnaud et sont très inquiets. Il faut que tu sois raisonnable.

Je me suis sentie forte, inattaquable.

— Je suis venue sur son dos. Il m'a sauvé la vie. Je ne repartirai pas sans lui !

Ce n'était pas un caprice, mais une évidence. Je ne pouvais agir autrement et j'étais certaine que papa aurait compris. Le pauvre inspecteur a plaqué ses mains sur son front, puis il s'est tourné vers madame Arnaud.

— Madame, a-t-il supplié, dites quelque-chose.

La vieille dame m'a regardée avec les yeux qu'a Bouchka quand elle les pose sur moi.

— Ce que demande Tsina est difficilement refusable, a-t-elle assené avec force. Je monte dans votre automobile, elle monte sur le dos de Sheïtal et nous rentrons. Voilà tout. Où est le problème ?

Le policier nous a dévisagées, puis ses yeux se sont posés sur Sheïtal et, lentement, un grand sourire a barré son visage.

— Comme je tiens à ma voiture, a-t-il finit par lâcher, et que je ne veux pas que ce monstre la réduise en miettes, je suis obligé de céder. Mais sachez que c'est sous la contrainte...

Il a éclaté de rire et le problème a été résolu.

Le retour a été tout, sauf discret.

Encadré par deux voitures de police aux gyrophares tournants, Sheïtal se pavanait en marchant au pas tandis que, juchée sur son dos, j'étais fière à en exploser.

— Elle n'a pas besoin d'une selle et de trucs comme ça ? avait demandé un policier.

Je venais de me hisser sur le dos de Sheïtal, avec un peu de peine compte tenu de toutes mes douleurs, mais je me sentais maintenant parfaitement à l'aise.

— Visiblement non ! avait répondu madame Arnaud avec un sourire radieux.

*

Devant la grande maison, il y avait tout un attroupement, et dans la petite foule j'ai reconnu maman, Ivan et Bouchka. Je leur ai fait un grand signe de la main et ils m'ont répondu. Pendant que madame Arnaud s'efforçait d'ouvrir son portail (la télécommande était toujours dans la Golf), je me suis laissée glisser du dos de Sheïtal et j'ai couru vers les miens. J'ai bondi dans les bras de maman avant de me retrouver dans ceux de Bouchka.

— Tsina, Tsina..., répétait sans cesse ma grand-mère.

Je la connaissais bien. J'ai compris que son émotion était un mélange de peur passée et d'immense fierté. Nous n'étions pas loin de pleurer, mais je savais que nous nous retiendrions tant qu'il y aurait des gens pour nous voir. À son tour Ivan m'a embrassée en se moquant de moi, selon son habitude, sans pouvoir cacher ses sentiments.

— Il faut toujours que tu te fasses remarquer, toi !

Je me préparais à répondre, lorsque derrière moi j'ai entendu Sheïtal renâcler, inquiet. Je me suis retournée.

Les curieux s'étaient approchés, trop près, certains essayant de le caresser et mon compagnon s'agitait, mal à l'aise. J'ai voulu aller à son secours, mais avant que je puisse fendre la foule, un homme est intervenu.

Il a repoussé les badauds et s'est planté devant Sheïtal. Il a avancé une main apaisante, paume vers le haut et s'est mis à parler.

Des mots calmes, doux et forts.

Sheïtal a arrêté de piaffer.

Des mots clairs et incompréhensibles.

Sheïtal a avancé la tête.

Des mots kazakhs.

Mon père a caressé mon cheval.

# CHAPITRE 16

Nous nous sommes tous retrouvés dans la cuisine de madame Arnaud.

La vieille dame, après un bref regard sur ma famille, avait préféré ne pas nous installer dans le salon, et je lui en étais reconnaissante. Je savais bien qu'elle désirait avant tout que les miens se sentent à l'aise, et ils ne l'auraient pas été, perdus au milieu du mobilier délicat et des tapis de prix.

L'inspecteur nous a posé quelques questions, puis nous a laissés en nous conseillant de prendre une bonne nuit de sommeil. C'est la police qui était allée chercher maman, Bouchka et Ivan à la maison. Papa, lui, avait été averti par téléphone et il avait fait plus de dix kilomètres à pied pour arriver ici ! Madame Arnaud a eu la délicatesse de ne pas lui demander pourquoi il n'avait pas pris un taxi et je l'en ai estimée que davantage.

Au début, nous avons parlé à bâtons rompus de ce qui s'était passé, de Sheïtal qui avait maintenant réintégré son parc, du rôle que j'avais joué et j'ai été fière d'être le centre de l'admiration générale.

Puis, pendant quelques minutes, la conversation a patiné.

Ivan était assis sur une seule fesse, maman me tenait la main en me dévisageant et papa semblait perdu dans ses pensées. Heureusement que Bouchka et madame Arnaud meublaient le silence, parce que sinon la situation aurait été sacrément embarrassante.

Au bout d'un moment, les deux vieilles femmes se sont souri, et j'ai eu l'impression que par leurs regards complices elles mettaient la dernière touche à un plan soigneusement monté.

Madame Arnaud a actionné les roues de son fauteuil pour s'approcher de la fenêtre. Elle a regardé à travers la vitre, ce qui m'a un peu surprise. Avec la lumière dedans et la nuit dehors, elle ne devait rien voir du tout !

Puis elle a poussé un long soupir, presque dramatique.

— Si vous saviez combien je suis triste de ne plus pouvoir m'approcher de mes chevaux...

Papa a sursauté.

— Mais, s'est-il étonné, ils sont juste à côté.

La vieille dame a caressé les accoudoirs de son fauteuil. Elle avait l'air si malheureuse que j'ai compris qu'elle jouait un rôle et que mon père avait fait la remarque qu'elle attendait.

— Comment voulez-vous descendre le perron sur un tel engin, sans parler de traverser une prairie ? Je suis bel et bien condamnée à demeurer à l'intérieur le restant de ma vie...

Papa s'est levé et je l'ai retrouvé tel que l'aimais. Fort et heureux.

— Si vous voulez, a-t-il proposé, je peux vous aider.

— Vous croyez ? a demandé madame Arnaud, l'air de ne pas croire ce qu'elle entendait. J'aurais peur d'abuser.

— Vous plaisantez ? a dit papa.

Puis il s'est tourné vers Ivan.

— Un coup de main, mon fils !

Mon frère s'est précipité, et ensemble ils ont soulevé madame Arnaud et son fauteuil.

— Mais, a souri la vieille dame, je peux tout de même marcher un peu...

— Pas la peine, a fait papa. On y va !

— On y va tous ! ai-je crié.

— Excellent, a lancé madame Arnaud. Je vais vous montrer où se trouve l'interrupteur qui commande l'éclairage du pré aux chevaux.

Maman s'est levée mais Bouchka s'est contentée de s'adosser à sa chaise.

— Je vais rester là et faire à manger.

Nous nous sommes tous figés, stupéfaits.

Comment ma grand-mère pouvait-elle se montrer aussi grossière ? Aussi inconvenante ?

J'ai senti le rouge de la honte me monter aux joues. À côté de moi, maman est devenue toute pâle et a étouffé un petit cri. Bouchka n'a semblé s'apercevoir de rien et a continué, imperturbable :

— Si vous avez un reste de viande, Clémence, je peux préparer une spécialité de mon pays.

C'était le comble ! Ma grand-mère était devenue folle !

Le silence de mort qui est tombé n'a pas duré trois secondes.

Il a été brisé par le rire pétillant de madame Arnaud.

— Excellente idée, Bouchka ! Vous trouverez ce qu'il vous faut dans le frigo.

Je devais être fatiguée. Il m'a fallu encore presque une minute pour comprendre que la dernière partie du plan des deux mamies venait de s'enclencher...

Maman a saisi avant moi et elle a souri. Largement. Ça l'a fait paraître toute jeune. Papa, lui, n'avait pas suivi grand-chose. Dans sa tête il était déjà avec les chevaux. J'ai échangé un clin d'œil avec Ivan et nous sommes partis en procession pendant que Bouchka se mettait aux fourneaux.

*

Madame Arnaud n'était pas bien lourde, et les hommes de la famille n'ont eu aucune difficulté à la porter jusqu'au pré. De puissants projecteurs placés en hauteur éclairaient parfaitement l'endroit. Nous nous sommes arrêtés juste après la barrière.

Sheïtal est venu jusqu'à moi au petit trot, et une nouvelle fois j'ai admiré son maintien et sa grâce. Je l'ai gratté entre les oreilles et, du plat de la main, je l'ai guidé jusqu'à madame Arnaud.

La vieille dame a caressé sa robe noire.

— Merci Sheïtal, a-t-elle murmuré. Merci encore pour ce que tu as fait et pour ce que tu es en train de faire.

J'ai un peu tiqué. Ça m'ennuie toujours quand les adultes emploient des tournures de phrase que je ne comprends pas. Mais je n'y peux rien, il me faut attendre de grandir.

Papa était debout à côté de moi. Toute son attention était concentrée sur le bel étalon noir qui nous faisait face. J'avais l'impression quasiment physique qu'un courant passait entre eux, un lien presque aussi fort que celui qui nous reliait Sheïtal et moi.

Puis papa m'a regardée.

J'ai lu dans ses yeux un mélange tellement fort d'affection et de tristesse que tout à coup j'ai grandi. J'ai pris conscience de cette blessure qu'il portait en lui et qui ne s'était jamais refermée. La blessure d'un être à moitié homme à moitié cheval, condamné par la vie à ne plus connaître la plénitude.

Et, au moment où je comprenais enfin mon père, je me suis sentie emportée par une vague d'amour. C'était pour nous qu'il avait quitté les steppes.

Pour maman, pour Ivan, pour Bouchka.

Pour moi.

Pour que je naisse ailleurs, avec devant mes pas un avenir plus lumineux.

Je l'ai aimé comme on n'aime vraiment que les siens. Sans limites, sans restrictions. Totalement.

Pendant quelques secondes nos regards se sont confondus. Nous étions complètement ouverts à l'autre et j'ai encore compris quelque chose. Je pouvais éprouver ce que je voulais pour mon père, l'amour qu'il avait pour moi serait toujours au-delà de ce que je pouvais imaginer.

Papa a rompu l'échange silencieux en me faisant un clin d'œil.

Il a pris une grande inspiration, semblable à celles qui précèdent une grande décision, et il a tourné la tête.

Les trois autres chevaux, que je n'avais jamais vraiment regardés, se tenaient près de l'écurie, à une quarantaine de mètres de nous.

Papa les a observés un instant puis, soudain, il a sauté la barrière et a traversé le pré à grandes enjambées. Les étalons ont levé la tête en voyant cet homme marcher d'un pas décidé dans leur direction, et l'un d'eux s'est agité, inquiet.

Ils ont fait mine de s'éloigner, mais déjà papa était sur eux. Je n'ai pas entendu ce qu'il leur a dit, mais j'ai compris qu'il leur parlait et, tout à coup, ils se sont figés.

Nos conversations s'étaient arrêtées. Chacun de nous sentait que quelque chose d'important était en train de se jouer et nous contemplions la scène, totalement captivés. Au bout de quelques minutes, j'ai perçu un claquement de langue sonore, et les trois chevaux se sont approchés de mon père, jusqu'à le frôler.

Madame Arnaud a eu un petit hoquet surpris. Elle connaissait ses étalons, elle ne pensait visiblement pas qu'ils allaient se conduire ainsi.

Papa ne les a pas touchés, mais j'aurais juré qu'un lien était en train de se nouer entre eux. Ils sont restés un long moment, immobiles à quelques centimètres les uns des autres, puis mon père a tourné les talons et il est revenu vers nous.

Les chevaux l'ont suivi.

Madame Arnaud les a regardés arriver avec de l'émerveillement dans les yeux, et, quand ils ont tous été près d'elle, une larme de bonheur a roulé sur sa joue ridée.

Papa s'est accroupi à ses côtés.

— Ce sont de très beaux animaux, a-t-il commencé, et leur histoire est riche, mais Tsina avait raison. On s'est mal conduit avec eux. Ils ont besoin de soin et qu'on s'occupe sérieusement d'eux.

Je le connaissais bien et je savais que ses paroles n'étaient inspirées que par son amour des chevaux et non par un quelconque calcul. Il vivait l'instant présent avec intensité et ne songeait pas une seconde à l'avenir, même proche.

Aussi a-t-il été complètement pris au dépourvu lorsque madame Arnaud a posé sa main sur la sienne.

— J'ai compris, a-t-elle dit. Il va y avoir beaucoup de travail, et pas seulement avec les chevaux. Un travail à temps plein qui nécessitera une personne remarquable. Heureusement que je sais maintenant à qui je dois m'adresser.

Elle le regardait droit dans les yeux, et l'identité de la personne à qui elle pensait ne faisait aucun doute.

*

La fenêtre que j'avais oublié de remarquer quelques jours plus tôt s'est ouverte et nous avons entendu la voix de Bouchka.

— À table !

J'ai compris que ma vie venait de prendre un sacré bon virage et j'ai enlacé le cou de mon cheval.

Sheïtal.

Pierre Bottero

L'auteur est né dans les Alpes en 1964. Il a vécu en Provence, dans un petit village, où il a longtemps exercé la profession d'instituteur.

Passionné par son métier, mais aussi par les livres, il a commencé à écrire pour la jeunesse en 2001. Il a publié de nombreux récits fantastiques aux éditions Rageot.

Il est décédé en novembre 2009.

Du même auteur :

*Amies à vie*
*Le garçon qui voulait courir vite*
*Un cheval en Irlande*

Dans la collection « Tribal » :
*Zouck*
*Tour B2, mon amour*

## Table des matières

# PASSION CHEVAL

Partez pour des chevauchées
aux quatre coins du monde
où l'aventure se vit au galop.
Des romans aux accents de liberté...
pour tous les passionnés de chevaux !

TITRES DÉJÀ PARUS

Flammarion jeunesse

## CHEVAL FANTÔME

### Tome 1 : L'étalon sauvage

Terri Farley

Quelle joie pour Sam de revenir chez elle après deux ans d'absence due à un grave accident de cheval ! Pourtant, Blackie, son premier et seul cheval, lui manque terriblement : nul ne l'a revu depuis l'accident... Soudain, un étalon d'argent surgit devant Sam, plus beau et plus sauvage que les autres : est-ce un signe ? Blackie est-il revenu aussi ?

« Il était plus beau que tout ce qu'elle avait jamais vu, un cheval dragon argenté, tissé de rayons de lune et de magie. »

# CHEVAL FANTÔME

## Tome 2 : **Un mustang dans la nuit**

Terri Farley

Une nuit, un étalon sauvage vient rôder près du ranch de Sam. Elle ne reconnaît pas Fantôme, son cheval bien-aimé qui a désormais retrouvé la liberté. Mais lorsque les troupeaux de la région sont attaqués par un cheval sauvage, tout le monde soupçonne Fantôme.
Au village, une battue s'organise...
Sam doit sauver Fantôme !

« Tel un arbre renversé couvert de givre, les branches de l'éclair illuminaient de leurs zébrures la toile noire tendue derrière lui. Le Fantôme était de retour ! »

Flammarion jeunesse

# CHEVAL FANTÔME

## Tome 3 : Une jument dans les flammes

Terri Farley

Que se passe-t-il dans le Canyon Perdu ?
Depuis plusieurs jours, d'étranges fumées blanches s'en échappent. Avec Caïd, son jeune mustang, Sam décide de mener l'enquête. Elle découvre que des voleurs de chevaux sévissent dans la région.
Le troupeau du Fantôme est en danger.
Sam réussira-t-elle à le sauver ?

« Mettant des jambes, Sam fit partir Caïd au galop, pour essayer d'aller couper le chemin au fugitif. »

Flammarion jeunesse

## CHEVAL FANTÔME

### Tome 4 : **Le cheval rebelle**

Terri Farley

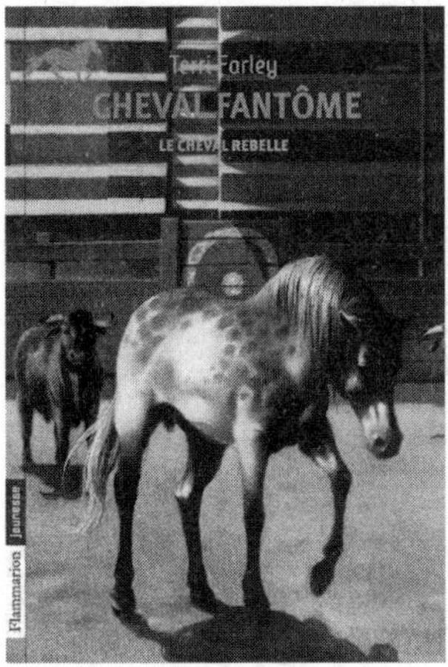


Sam a des raisons de se faire du souci.
Avec la sécheresse, le ranch de son père a du mal à tourner,
et ils doivent trouver de l'argent.
Pour ne rien arranger, Sam apprend qu'une société de rodéo
s'est installée dans la région et recherche des chevaux. Une
fois de plus, le Fantôme et son troupeau sont en danger.
Mais Sam n'a pas dit son dernier mot...

« Où était le Fantôme ? Que ferait Slocum si l'étalon qu'il
avait toujours voulu capturer se trouvait près de chez lui ? »

Flammarion jeunesse

Imprimé à Barcelone par:

CPI
BLACK PRINT

Flammarion s'engage pour l'environnement
en imprimant l'ensemble de ses livres de poche
sur du papier issu de forêts gérées durablement.

Certifié PEFC
Cet ouvrage est issu de forêts gérées durablement et de sources contrôlées.
PEFC
PEFC/14-38-00121
pefc-france.org

Dépôt légal : juillet 2011
N° d'édition : L.01EJEN000468.C003
Loi n° 49-956 du 16 juillet 1949
sur les publications destinées à la jeunesse